ファーブルってどんな人?

ジャン・アンリ・ファーブル。フランスの昆虫研究家、博物学者。南仏アヴェロン県の寒村サン=レオンに貧農の子として生まれ、幼時より自然に親しむ。苦学の末、奨学金で師範学校を卒業し、アヴィニョン中学で教師をする。向上心の旺盛な彼は、貧困の中にあって、独学で物理、数学、自然科学の学士号と理学博士号を取る。この間、植物学者ルキアン、博物学者モカン・タンドンに会い、博物学にしだいに集中していく。1854年、レオン・デュフールのフシダカバチに関する研究を読み、実地に調査した結果、昆虫の生活史と本能の研究という、自分の天職を知る。71年に教職を退き、自然科学の啓蒙書（《子どものための科学の本》など）を書く。定説を信用せず、全て自分で実験をして、次々と昆虫の生態を明らかにした。79年以降セリニャンのアルマスに隠棲。55歳の時に『昆虫記』第一巻を出版し、30年間かけて全10巻を書き上げ、数々の賞を受賞。91歳没。

ファーブルの生家

❶

❷

ファーブルは南フランスの
ルーエルグ地方で生まれました。
暮らしは貧しく、図や写真の一部屋で、
一家四人が暮らしていました。

❸

❶ 机。食事も仕事もここで行う。一家団欒の中心。引き出しには大きなパンをしまいました。パンを家族に分け与えるのはお父さんの仕事で、権威の象徴でした。

❷ 米櫃ならぬ小麦粉入れ。二種類の粉を混ぜ合わせてパンをつくりました。

❸ パン生地をこねる桶。暖炉のそばの棚で醗酵させ、村のパン屋で焼いてもらいました。

❹ スープ鍋。お母さんから、キャベツとベーコンのスープをお皿に注いでもらい、硬いパンを浸して食べました。

❺ フライパン。薪で料理するので長い柄が付いていました。

❻ 自在鉤《かぎ》。薪を置く台。鍋の他、料理用の道具が並んでいます。

❼ 暖炉のそばにある長い棒は、日本でいえば火吹き竹のように、火を起こすのに使います。当時フランスには竹があまり無かったので、トリネコの棒の髄を抜いたものを使いました。ビュッファードと言いました。

❽ 温蔵棚。中段に消し炭を置いて、上の棚の鍋を保温しました。下の穴に落ちてきた灰を集めて洗濯に使いました。

❾ 水場。食器を洗う。上に飾ってある一部丸く欠けた皿はひげ剃り用。

❿ 柳細工の壺型の籠。

⓫ ベッド。子供たちは床にわらを敷いて寝ていました。

⓬ 寝る前に、炭火でベッドを暖めておくアンカ。

⓭ 麻や羊毛を梳く道具。　⓮ 糸繰り車。

⓯ 衣装ダンス。⓰ 揺り篭。

❹

『ファーブル昆虫館（虫の詩人の館）』所蔵

❺

❻

❼

❽

❾

❿

⓫

⓬

⓭

⓮

⓯

⓰

ツヤハナムグリ　モリオハナムグリ　ニワツチバチ　ツチハンミョウの仲間　ティフォンタマオシコガネ

ニワツチバチの獲物となるコガネムシの仲間

キンイロハナムグリ　ミドリゲンセイ　ハナダカバチの一種　アブの一種

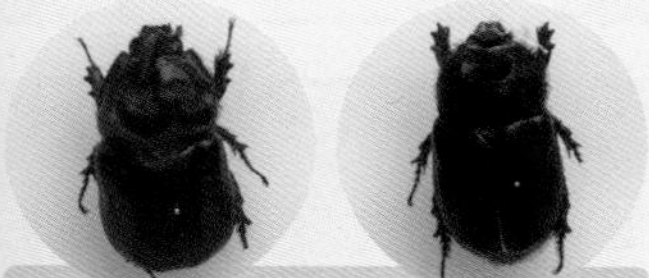

♂　オウシュウサイカブト　♀

ファーブル昆虫記に登場する虫たち

『ファーブル昆虫記 』の中に登場する主な虫たち
● 1 ～ 2巻 ● 3巻 ● 4巻 ● 5巻 ● 6巻 ● 7巻 ● 8巻

ソライロコガネ　モンシデムシの一種　モンハナバチの一種　キゴシジガバチの一種　カシミヤマカミキリ

カオジロキリギリス　アオヤブキリ　ウスバカマキリ　トネリコゼミ

モンスズメバチ　♂　チャオビカレハ　♀　♂　オオクジャクヤママユ　♀

ニクバエの一種　コガネグモの一種　シンジュコブスジコガネ　♂　ヒメクジャクヤママユ　♀

ファーブルと日本人

Takeshi Yoro *Daizaburo Okumoto*

養老孟司╳奥本大三郎

はじめに

《養老孟司》

長年の友人の奥本大三郎さんとファーブルの話をきっかけに、環境問題、日本人、教育、その他、様々なことに関して対談をした。

対談の一回目は奥本さんが館長である「ファーブル昆虫館」で行った。二回目以降はＺｏｏｍである。

夏に行う展示会の参考にスタッフとともに、「ファーブル昆虫館」の展示を拝見するために行ったのだが、本当は東京に行くのは嫌だった。

東京のようにシステム化された地域では、首都直下型地震が起こればひとたまりもなく、鎌倉まで帰れないからだ。

ファーブルは、母国フランスよりも、日本で親しまれた。日本とヨーロッパでは昆虫に関する捉え方がまるで違う。浮世絵などにも昆虫は数多く書かれているように、日本では昆虫は身近なものとして存在したが、ヨーロッパでは異型のもの的な扱いであった。

飛行機で日本を上空から見るとよくわかるが、日本にはほとんど茶色のところはない。土壌が豊かなのだ。植物も、ヨーロッパよりも種類が多い。

昆虫に興味を持つファーブルはフランスでは奇人、変人だったが、日本では昆虫少年は当たり前の存在である。

そんな日本も、現在では目に見えて植物も昆虫も減っている。日本人は、田んぼで稲を育て、そこから実る米を食べてきた。排便をし、それが食物の肥料となってきた。人間も自然環境の一部であるから、昆虫や植物の数や種類が減れば、人間の数が少なくなるのも当然だ。

明治維新や戦後の高度経済成長のために日本の良さは失われてきた。バブルが弾け、失われた三十年がやってきたが、それは経済の急成長の揺り戻しであったのだろう。

しかしながら、そこからもファーブルから日本は遠くなり続け、現在は、スマホとＡＩの時代だ。

歩いている人も、スマホを見続け、みな、目的地に向かい、脇目も振らず、進み続けている。

毎日歩いている道も、道端にどんな花が咲いているのかはまったく知らない人も多い。

ファーブルは、昆虫に関して感じた疑問を、自分でテストをして解決してきた人だ。スマホで調べて解決ではなく、AIのように、これまでのルールをもとにして疑問を解いたのではなく、対象を直接見つめ、自分で実験をして、昆虫の生態の謎を紐解いた。周りからは、変人と思われていた。しかし、そんなことは気にもせず、ひたすら自分の感じた疑問を解決してきた。

他人の決めたルールに従い、周りの目ばかりを気にして生きる日本人は、ずいぶんファーブルから遠くなってしまった。自立して生きることができなくなってしまっているのだ。

こんな状況では、南海トラフ巨大地震や首都直下型地震など、想定外の出来事が起こったときに、対処などできないだろう。

自然は、こちらの予想通りには動いてくれない。カブトムシを競争させようと、二匹並べても、まっすぐには歩いてくれない。チョウを捕まえようとしても、どっちに飛んでいくかは予想もできない。

自然に対しては、起こったことに対応していくしかない。

本書を読まれるのは、ファーブルが教科書にも載っていた時代を過ごした五十歳よりも上の方々だと思われるが、掲載されている昆虫の写真もよく見て欲しい。昔はどこにでもいた昆虫たちで、懐かしい気持ちになるだろう。

そうすると、たまにはスマホを切って自然に触れるのもいいかもしれない、という気持ちになるかもしれない。

ファーブルと日本人

目次

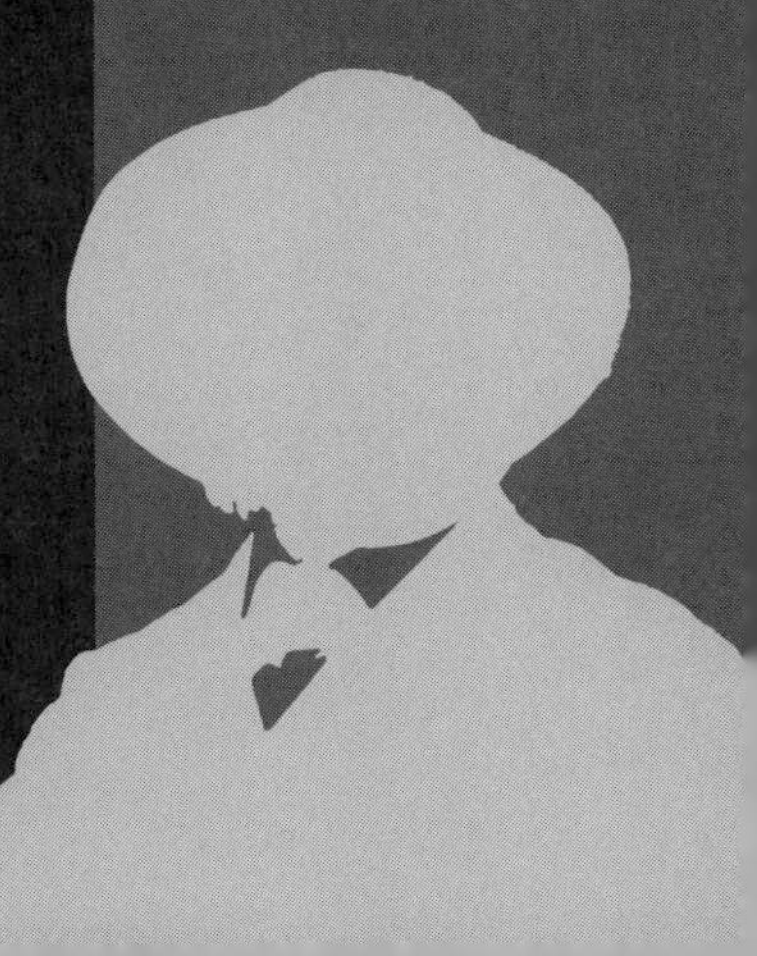

カラー

第六章◉予定調和でない世界に立ち向かう

おわりに

装　丁●冨田晃司
著者撮影●岩本幸太
構　成●前田守人

第一章

『ファーブル昆虫記』と現代

ファーブル昆虫記《こんちゅうき》
第《だい》1・2巻《かん》に登場《とうじょう》する昆虫《こんちゅう》
ツチハンミョウの仲間
Meloe sp.（ツチハンミョウ属《ぞく》）
成虫は春～秋に見られ、地中に産卵《さんらん》する。幼虫《ようちゅう》はハナバチの体に付いて巣《す》に入りこみ、蜜《みつ》や花粉を食べる。
ティフォンタマオシコガネ
Scarabaeus typhon
タマオシコガネの仲間は「フンコロガシ」とも呼《よ》ばれ、「昆虫記《こんちゅうき》」に登場する虫の代表のひとつ。
しかし、ファーブルがスカラベ・サクレという種だと思って観察していたのはよく似《に》た別種、スカラベ・ティフォン、つまり「ティフォンタマオシコガネ」だった。
本種はユーラシア大陸のヨーロッパから朝鮮半島《ちょうせんはんとう》の北部まで広く分布《ぶんぷ》する。
ハナダカバチの一種
Bembix sp.
上唇《うわくちびる》がとがっていて、顔を正面から見ると"鼻が高い"ように見える。アブなどを殺して巣穴《すあな》に運び、幼虫《ようちゅう》の餌《えさ》にする。狩《か》りバチには珍しく、同じ幼虫に何度も獲物《えもの》を運ぶ。
アブの一種
Helophilus sp.
ハナダカバチの獲物《えもの》となるハエやアブのひとつ。ミツバチに似《に》て見えるが、翅《はね》が2枚《まい》なので区別《くべつ》がつく。
虫の詩人の館 L'Oustal del Félibre di Tavan
特定非営利活動法人 日本アンリ・ファーブル会

虫がいなくなると、世界はどうなってしまうのか

奥本　団塊の世代は子供のときに、子供向けの『ファーブル昆虫記』や『シートン動物記』を読んでいる方が多いですね。そのため両方とも、日本ではすっかり子供の本と思い込まれています。でも、海外に子供用の『昆虫記』はありません。まあ、海外の子供は虫と遊ぶということ自体が、あまりないのですが。

養老　僕が子供のころは、こうした本がほんとうになくてね。戦後ですから、そもそも本がないんですよ。だから、『ファーブル昆虫記』は古本屋で買ってきて読むんですけれど、岩波文庫のシリーズでもバラバラにしか手に入らないから、系統的には読めなかった。

奥本　系統的にも何も、本も、印刷工場も、空襲で焼けていますからね。岩波文庫の復刊が出たというので、買いたい人が、岩波書店の周りを十重《とえ》二十重《はたえ》に取り巻いたというのでしょう。本は、焼け跡に残った古本屋で探すしかない。『昆虫記』の文庫本は、あのころ、全二〇巻ですよね。僕は後の世代ですが、たまたま一四巻と一六巻が手に入るという具合。

戦前のファーブルの翻訳本

本屋で「これ、買ったかな」と思いながら、また同じものを買っちゃったりしました。旧字、旧仮名だったのを覚えていますね。

養老　そうですか。それは覚えてないですね。

奥本　養老先生の時代は（一九三七年生まれ）、そもそも旧字、旧仮名しかなかったでしょう。子供の本でも新字、新仮名になったのは僕らの時代（一九四四生まれ）からですよ。小学校五、六年生のときに、『ファーブル昆虫記』を岩波文庫で読もうとしたんですけれど、難しかった。知らない字だと思ったら、同じ字の旧字でしたね。

養老　古本を一生懸命読むもんだから、本自体もバラバラになっちゃうんですよね。

奥本　大正時代に叢文閣から大杉栄がファーブルの『昆虫記』を訳して一巻を出版しましたが、途中で関東大震災があってどさくさ紛れに殺されてしまいます。その後、昭和になって、主に椎名其二という人が後を継いで翻訳しています。『ファーブル昆虫記』だけじゃなくて、『ファブル科學知識叢書』というのも戦前の日本にありました。昔は、「ファブル」と表記したんですね。こんな叢書はフランスにはない。それはファーブルが生計のためもあって、一〇〇冊ほど書いた科学啓蒙書の中から適当に選んで、一〇冊ぐらいの叢書にしたものです。大杉栄とか伊藤野枝とか宮島資夫とか、大杉の周りにいた左翼知識人のアルバイトです。昭和初期に「アルス」という出版社から出ています。北原白秋の弟、鐵雄の会社です。当時の翻訳の仕事は、社会主義者や外国文学者のアルバイトみたいなもんですね。岩波文庫からも、同時期に出版されていました。

フランス近代詩などを訳していた三好達治も、ファーブルの『昆虫記』を翻訳しています。ほかにも作家で演出家の獅子文六も、岩田豊雄という本名で、取り組んでいます。

大正から昭和初期の時代は、社会主義者は何をやっても捕まりましたが、虫の本だったら大丈夫だったんでしょう。だけど、「社会」という文字さえ見れば取り締まる特高警察（大逆事件がきっかけにできた国家の存在を否認する者や過激な国家主義者を査察・内偵し、取り締まる日本の秘密警察。戦後、ＧＨＱの人権指令により廃止された）が、昆虫学者の部屋に踏み込んで、『昆虫の社会』という本を見て、「アカだ!」と叫んだというエピソードがあるようです。「アカ」だと言われたほうもびっくりしたと思いますが(笑)。実際に、みんなが一生懸命、「一億一心、火の玉だ」なんて言っているときに、虫のことを考えているような人間はアカだと思われ、非国民だと言われたんでしょうね。それから牛や馬の糞を棒でつついているとか、猫の死骸をひっくり返すとか、そういう子供はろくな大人にならないとも、特高警察は思ったんでしょうね。

博物学は金持ちしかやれないと言われていますが、博物学を安くやる方法というのも、またあるんですよね。お金をかけないで博物学をやる。たとえば、天文学なら立派な天体望遠鏡を買ってもらったりするんですけれど、昆虫採集はお金のかからない科学への第一歩ということで、昭和初期に子供に奨励されたんですね。そのことにより、夏休みの宿題はみんな昆虫採集になったという時代があります。昭和五年とか八年とか。そのころにちょうどいい図鑑が出たんです。加藤正世の『趣味の昆虫採集』とか、平山修次郎の『原色千種昆虫図譜』(共に三省堂)とか。

養老 歴史になっちゃったんですね。

奥本 そうですね。ジャン・アンリ・ファーブル(一八二三~一九一五年)は、勝海舟(一八二三〜一八九九年）と同じ年に生まれています。当時の日本とフランスでは、社会の変化がずいぶん違うだろうな、と思いましたね。当時「天保老人」という言葉があって、江戸晩期の天保（一八三〇〜一八四四年）生まれの人が、明治までまだ生き残っていたんですね。言葉の意味は、開国して文明開化の世になったのに、新時代に馴染めない時代遅れの老人を指しています。少し馬鹿にした言い方なんですけれどね。そういう意味では、ファーブルは最先端のことをずっとやっていたわけで、天保老人どころではなかった。それでも、顕微鏡はあまり使わないし、虫眼鏡どまりだった。どちらかというと、想像力と観察力で疑問を解決していく手法だったんです。

養老　はなから面倒な話をして申し訳ないんだけれど、カール・ポパーという哲学者がいて「3世界論」を提唱しています。世界を三つに分けて、「世界1」「世界2」「世界3」として分類していますが、私はその「3世界論」に自分なりの解釈を加えて、自分なりに世界を三つに分けて考えてみました。

「世界1」は、物の世界のことです。「世界2」は人の心の世界のこと。しかも、みんなに共通しているもので、典型は数学ですけれど、ピタゴラスの定理だったら、いつでも、誰でも、どこでも証明できる。それから、言葉が典型的ですね。みんなで共通に持っている世界です。「世界3」は、個人にしかない心の世界ですね。
ファーブルが虫を見ているときは、まず「世界1」ですね。心は関係がなくて、物がそこにある。それを「世界3」のファーブルの心が見ているわけです。その直接の関係で、個人と物の世界なんです。「世界2」は、いわゆる一般的な科学になる。誰でも理解できる世界。ファーブルの昆虫への対し方は、そうではなかった。

奥本　そうですね。ファーブルは、そもそも『昆虫記』を「スーヴニール・アントモロジック」と名付けました。直訳すれば、『昆虫学的回想録』です。「世界1」を記録しているように見えて実は「世界3」を描いている、ということになりますね。虫を観察している自分を観察している。題名を『昆虫記』と簡潔に訳したのは大杉栄ですが、これは『古事記』の「記」のように、物事を叙述し、記録する文体のことで、いわば漢語ですね。

養老　一九世紀ごろから、いろいろな科学技術が生まれて、いろいろな道具が出来てきた。ちょうどファーブルの亡くなったころには、科学が非常に一般化してくるんですね。「世界2」が大きくなった。今日ではそれがものすごく大きくなって、それを情報の世界と言っているんですよ。情報の世界は、物の世界ではないし、個人の世界でもない。人類に共通の一般的な了解ができる世界だから、そこがどんどん大きくなって、「世界2」の中のルールが人間を支配するようになっているわけです。

自然科学は、「世界3」にも引っ掛かっています。いまは「世界3」をどうしているかといえば、「世界2」の中できちっとできてきたシミュレーションを使うわけです。「世界1」の「物質の世界はこうなっていますよ」というイメージが、かなり科学的にはっきりしてくると、今度はイメージの中で、「あのようにすれば、こうなる」「このようにすれば、ああなる」と、「世界3」の中で「世界2」をやるわけです。さらに「世界2」を、物の世界である「世界1」に持ち込んで、「世界1」をいじろうとする。そんなことばかりをやっている。それを技術と呼んでいるんです。

最初は、人間の頭の中や心の中にあったものを、真っ暗闇な物の世界に移したわけですけどね。その移し方も、ごく一般化するためです。典型的に一般化するために論理、理性の世界に持ち込んでいく。それが、いわゆる自然科学、「世界2」ですね。ファーブルの場合は、そこの「世界2」の部分をすっ飛ばして、自分と「世界3」と「世界1」を直接に結んだ感じですね。虫とかに興味を持つと、「何でそんな変なものに興味を持つのか？」というのが、普通の人の質問だと思うんですけれど。真っ暗闇な物の世界は怖いですから、一度一般化して「世界2」に持ち込んで、「こうなっていますよ」とお互いに確かめ合って、

「そうだな」と納得して、それなら「こうしたらいいんじゃないの」って、真っ暗闇な世界をいじるわけですね。散々いじくった結果が、現在の世界になっていると解釈しています。

だから、現在の世界は、物の世界から見ると、かなり変なことをしているんだと思うんですよね。その証拠というか、結果がいまの環境問題になっている。頭の中で考えて、こうなっているに違いないっていう、ごく一般的な科学、「世界2」が、科学技術として「世界1」をいじっちゃって、それで環境問題が発生していると僕は思っているんですけれどね。ほとんど、めちゃくちゃやっているわけですよ。

『サイレント・アース』（ＮＨＫ出版）

『沈黙の春』（新潮文庫）

　虫で言えば、二〇二二年にイギリス人の生物学者デイヴ・グールソンの『サイレント・アース（Ｓｉｌｅｎｔ Ｅａｒｔｈ）』という本が日本語に翻訳されたんです（『サイレント・アース　昆虫たちの「沈黙の春」』デイヴ・グールソン著、藤原多伽夫訳、ＮＨＫ出版）。「昆虫がいなくなれば、世界は動きを止める」と言っている。これは一九六〇年代にレイチェル・カーソンが『沈黙の春（Silent Spring）』（沈黙の春 レイチェル・カーソン著、青樹簗一訳、新潮文庫）で「鳥の鳴き声が聞こえない春が来る」とＤＤＴ（有機塩素系の殺虫剤、農薬）の害を訴えて、その後、使用が禁止されるきっかけになるんですけれど、『サイレント・アース』は『沈黙の春』を下敷きにしている感じです。

ネオニコチノイド系農薬が生き物を減らす

奥本　『沈黙の春』はＤＤＴを、『サイレント・アース』は主にネオニコチノイド系の農薬支配の世界を告発しているんですね。初めは夢の農薬だったんだがなあ。

僕が子供の時の話ですが、庭のサンショウの木についているアゲハの幼虫に、ちょっとＤＤＴがかかったんです。すると、幼虫がドロドロに溶けちゃった。すごいなあと思いましたね。その前は、学校で子供たちが一列に並んで、頭にシュッ、シュッとＤＤＴをかけられた。アタマジラミ駆除《くじょ》です。今から思えば乱暴な話です。

飛翔するギンヤンマ

クスサン

そういえば、僕の田舎で田んぼに農薬を撒き始めたのは、昭和三十年代の初めでしたっけ。水田に必ずいて、縄張り飛行をしていたギンヤンマが、毎年半減して、数年ばかりで、とうとういなくなりました。

その後、誘蛾灯《ゆうがとう》（虫を駆除する照明装置）の灯の前に置いた石油のバットの表面を覆うように虫が飛んで来て死んでいた。それから、田んぼの真ん中に設置した誘蛾灯に、クスサンとか、カブトムシとか、大きな昆虫が来なくなりました。

農家の人が、農薬を蒔《ま》いた後、柄杓《ひしゃく》を小川で洗うと、たくさんのドジョウが死んで、白くなって浮き上がったもんです。さすがに気味が悪かったですねえ。

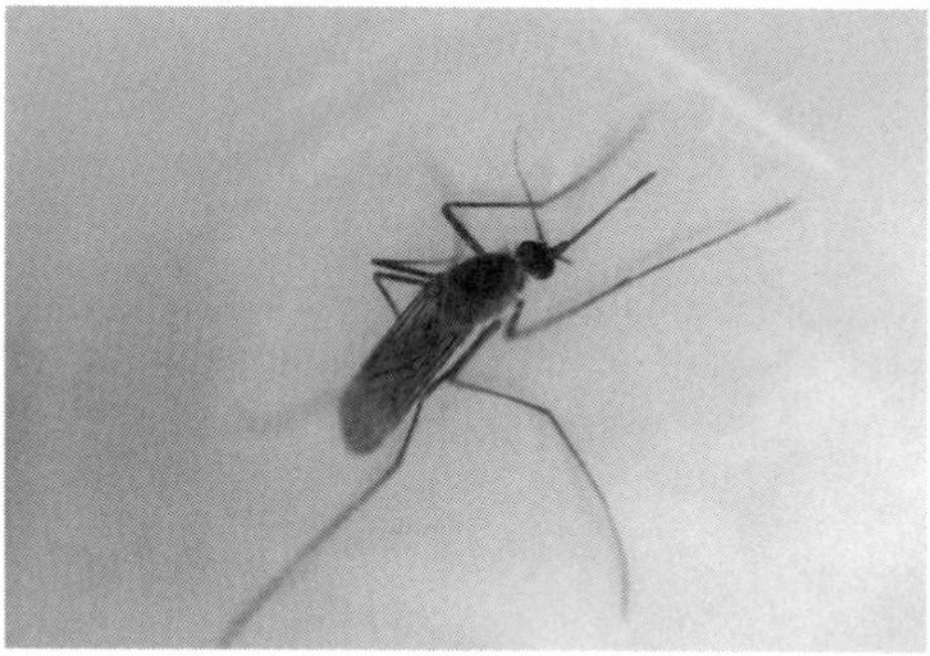

アカイエカ

キアゲハ

うちは農家じゃないのでわかりませんでしたが、農薬は、害虫駆除には実に効果的な薬だったのでしょうね。それで、ずいぶん人手が省けたことでしょう。一匹ずつ手で潰すのは、不可能ですもん。

いまでも、たとえばキアゲハを飼育していて、餌のニンジンの葉を切らし、スーパーで葉付きのニンジンを買ってきて与えたりしたら、あっという間にキアゲハ幼虫は全滅です。

でも、西表島の炭鉱や、村落に僕が暮らしていて、マラリアの流行に遭《あ》い、村が全滅するか、アメリカさんの殺虫剤を撒くか、どちらを選ぶかと言われたら、生き残るためにはDDTを選ぶしかありませんね。いまでも、デング熱が流行ったら、一も二もなく公園の茂みに殺虫剤をかけるでしょう。
農薬は、もちろん虫を殺すためのもので、人への効き目は、それこそ、ステルス戦闘機のように、そっと忍び寄るというか〝サイレント〟なんですよ。まず虫に効く。鳥や人に効くのはちょっと後ですから。鳥はまず餌がなくて死にますが、少数は生き残る。それを知らずに長いこと使い続けたらどんなことになるか。人間という害虫が、自分だけは大丈夫と思って毒を撒き散らす。でも、毒は薄めてもやっぱり毒です。

養老　グールソンは、いろいろなデータを紹介しているんですけれど、いちばん驚いたのは、ドイツの自然保護区での虫の減り方です。グールソンは、一九九〇年から二〇二〇年までの間に、毎年虫を捕っているんですけれど、その三〇年間で虫の数が七割から九割も減ったというデータがあるんです。それは、僕の体験としてもそうだろうなと思うんですね。自然保護区ですから、人が特別干渉していない。木を切っているわけでもないし、開発をしたわけでもない。薬を蒔いたわけでもないんだけれど、七割から九割も減っている。驚異的な減り方ですけれど、当然だろうなという感じがするんですね。僕も場所を決めて定期的に虫を捕っているんですが、前に行ったときと同じ日に同じ場所に行っても、ほんとうに一〇分の一ぐらいしかいないなって感じがします。

アカトンボ

コガタノゲンゴロウ

現在、物質の世界である「世界1」は、とんでもないことになっていると感じます。生物の世界は、都会の暮らしからすると遠いところにあります。だから、大絶滅の時代とか言っても、日常的にみんな気がつかないんですよね。いちばんわかるのは、高速道路を車で走ったときのウインドスクリーン（自動車の風防ガラス）の汚れ方ですね。昔は虫がぶつかってつぶれて汚れたんですよ。

奥本　思い出しますね。フランスからスペインに行くとき、夜の高速道路で、車のガラスに虫が当たって、ビシビシ音がしましたね。跡が乾いて、青緑の、シミだらけになりました。ヨーロッパは高速道路が整備されていたから、それがいちばん激しい感じがしました。

ワカサギ

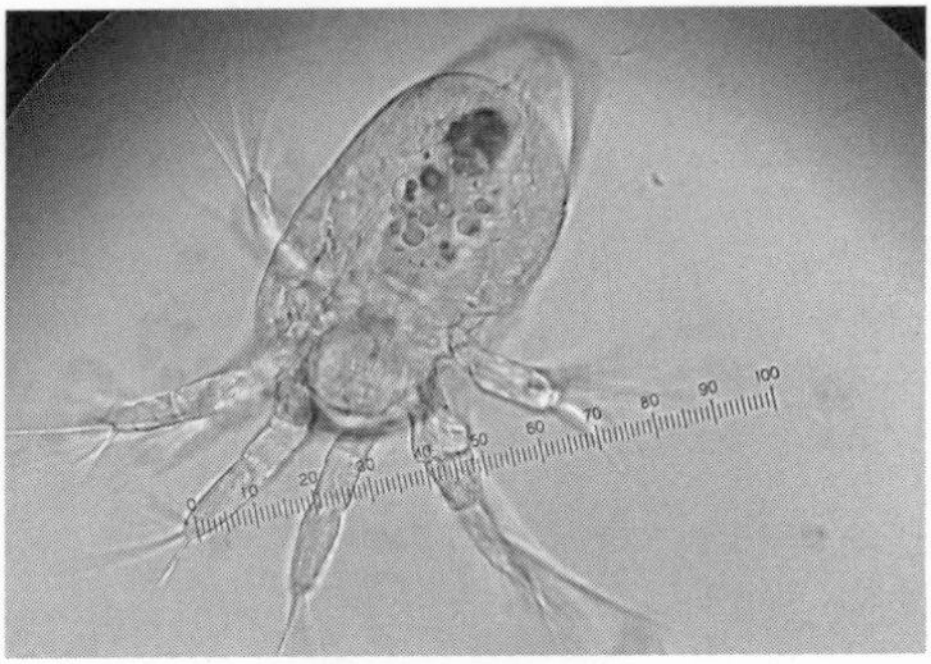

ミジンコの顕微鏡写真

そういうことがほんとうになくなってしまいましたね。

養老　全世界的ですね。

奥本　日本なんかでも、今は、水田のギンヤンマやアカトンボがすごく少なくなっている。

養老　赤トンボに限らないですね。特に、ゲンゴロウのような水性昆虫は駄目ですね。

奥本　水関係の生物は、全て影響を受けています。

養老　虫に限らないんですよ。日本だと島根県の宍道湖《しんじこ》のデータがありますね。ワカサギが捕れなくなったというので調べてみると、ミジンコがいなくなっちゃっている。結局、それが、ネオニコチノイド系農薬を使い出した年から始まっているのがわかった。でも、それだけじゃないですね。太平洋の無人島でも同じように減っているわけですから。

奥本　そんなふうに虫が減ったことは、たとえば、子供の精神とか日常生活に、どんな影響を与えるのか。トンボ捕りなんかしたことのない子供、セミ捕りをしたことのない子供。カブトムシと遊ばなくなることは、子供にどんな影響を与えるんでしょうか。西洋型になるんでしょうね。それが、おまけに、一日中スマホの画面に見入っているんですから。

養老　個人個人の心の世界で、「世界3」と「世界1」が直結するような形の、自然に対する結びつきがない人が増えてくる。人間の生活基盤全部が、「世界2」になってしまう。つまり、コンピュータに示されているような情報の世界で自然に触れるという形になって、人間自体が変わってきているわけです。子供も同じです。だから、ファーブルを理解しろと言っても難しい時代になっています。

奥本　ファーブルの世界は、日本だったら、小学唱歌で歌われた里山の世界と共通しています。ウサギ追いしかの山とか、アカトンボが田んぼを一面に覆っている世界とか、そういう世界でもあったんだけれども、あの世界がなくなってしまうわけですね。虫捕りを全く体験したことのない子供が、そのまま大人になったときに、世界はどんなふうに変わってしまうんだろう。それがもう現実になってきていますね。

養老　人間は、自分が信じる世界にしかいないんですよ。いまは人間同士がお互いにつながる、その中のルールだけしかない世界。ほんとうはそんな人工的な世界の中では、うまくはやれないんです。その結果、人間は、いまだに戦争をやっていますからね。馬鹿じゃないかと思うんだけれど。ロケット弾を飛ばして、せっかくつくったものを壊して、人を殺して、進歩していない。現在はそんな世界に住んでいます。

奥本　まあ、目の前の利益とか憎悪とか、戦争の原因はいくらでも数え上げられます。戦争は昔からやってきたんだけれど、規模がとんでもなく大きくなった。昔は刀や鉄砲ぐらいの、いわば手づくりの殺人だったけれど、いまは、顔の見えない、コンピュータの画面上の大規模殺人ですからねえ。ゲーム感覚で人を殺す。しかも、自分のやっていることを実際にはよく知らない。恐ろしいですね。

若い人は周りの評価を気にしすぎる

奥本　ファーブルの『昆虫記』は、第一巻が一八七八年の出版で、第一〇巻まで出版されているんです。最後の第一〇巻は、弟子が遺稿や断片を拾い集めてまとめているんじゃないですかね。だから、訳していて、「あれ、これ大丈夫かな」と思うところも、ないことはないんです。

養老　もともと、本にするというのは「世界2」の中の作業ですから。ファーブルの場合、「世界1」と「世界3」をつないでいる人だから、ほんとうは「世界2」はあまり関係ないんですよね。他人のことはどうでもいい、勲章なんかいらない、というタイプの人は、そもそも住んでいる世界が違うんです。

フンコロガシ（アフリカ産スカラベ・チョベ国立公園）

奥本　『昆虫記』の第四巻、第五巻ぐらいまでのスカラベ（甲虫類に属する昆虫の一群、フンコロガシなどと呼ばれる）や狩り蜂なんか書いているところと、最後の第一〇巻とでは、気持ちというか、文体が違う感じがしますね。

養老　歳を取ってくると、だんだん世間に目が向いてくるんですね。自分と物の世界が直結していたのが、それが同じ仲間、人という仲間から見るとどう見えるかということが問題になってくる。だから、最初のころは、本はあまり売れなかったはずです。

奥本　実際に、普通のフランス人が読んで、面白くなかったと思いますね。絵や写真がないしね。虫の名がラテン名で並んでいてもイメージがわかない。虫好きでない人からすると、知らない虫と知らない虫が、戦っているわけです。昔のパ・リーグの野球みたいなもので、見たことのない選手同士が戦っているのと似ている。

養老　いまのＡＩ（人工知能）ブームの中では、余計にファーブルは理解できないかもしれません。ＡＩは完全に「世界２」を優先しちゃっているんですよ。やっていることは、実は世界２の中で通用するルールを「世界１」に押しつけていると、僕は見ているんです。それを押しつけているのが、科学技術ですね。こうなっているはずだから、こうできるだろうというふうにやるんです。

『完訳 ファーブル昆虫記
第１巻 上』（奥本大三郎訳・集英社）

奥本　ただ、『昆虫記』は当初フランスでは売れなかったんですけれど、訳書は、日本では売れたんです。また牽強付会《けんきょうふかい》（自分の都合のいいように強引に理屈をこじつけること）って言われるけれど、日本人は虫に親しんで育っているからかもしれません。俳句とか和歌にもずいぶん虫が出てくる。たとえば、『日本経済新聞』の二〇二三年九月の俳壇で、三十ぐらいしか俳句が選ばれていないのに、そのうちの六つ、七つがセミだったりするんですよね。そういう、虫を詩に詠《よ》む国民は、ヨーロッパには少ないんじゃないかなと思うんです。絵にしてもそうで、日本画の上村松園には「虫の音《ね》」という作品があるんです。虫は一つも描かれていないのに、女性が虫の音を聞いている絵なんですよね。西洋だったら、なぞなぞの世界になるのではと思うんですが、日本の場合は、そういう習俗があるからわかるんですね。

私も『虫の文学誌』（小学館）なんて本を書いたんですけれど、昭和のころまで日本人は昆虫とともに暮らし、虫の音を楽しんだりしたんです。西洋の文学でも、中国の漢詩でも虫が出てくることは少ないですね。非常に象徴的な意味で出てくるだけです。たとえば、セミは羽化登仙《うかとうせん》した高貴な虫として出てくる。一方で、動物の糞に集まるフンチュウは、土の中にもぐる卑しいものとして出てくる。実は、その糞虫が、土の中から外へ出て高い木に登り、羽化登仙して、やっと高貴なものになったのがセミであるという、そういう象徴として出てきます。

ファーブルの『昆虫記』の最初は、ファーブルが満を持して書いた、春の目覚めから始まります。つまり、死と再生。死んでいたものが生き返ってくる輪廻転生の世界と言ってもいい。これは、西洋では異教的な世界として感じられるみたいですね。五月になって、さまざまなフンチュウやスカラベ・サクレ（フンコロガシの正式な学名）が、そして水中の生き物が、また出てきたかどうかを見に行こうというところから始まるんです。そういう点では、キリスト教とは違う雰囲気があったと思いますね。

養老 いまはもう、ファーブルのように、人が直接、物の世界と対面するというか、直面するようなことが少なくなっています。そういうふうなことが子供のころから、おそらくできなくなっている。何が大きいかと言えば、若い人は周りの評価――周りの人がどう思うかばかりを気にしている。僕らの時代は、それこそクソ虫なんか見ていれば、「あんた、何してんの？」と言われました。周りの評価なんかどうでもよかった。だから、ファーブル型の生き方っていうのは、今後ますますなくなっていくんじゃないですかね。

奥本 日高敏隆先生（京都大学名誉教授・日本昆虫学会会長）が子供のとき、生き物の死がいにいるシデムシ（腐敗動物質や獣糞を食べる虫）を見ていたら、おまわりさんに引っ張られたというエピソードがあります（笑）。戦中、戦後を生きてきた人なので、われわれ以上に大変だったみたいです。「この非常時に何をしているんだ、自分勝手なことをするんじゃない」といった世間的な目はあったでしょうね。いまの子供が周囲の目を気にするのは、変なヤツと見られたくないということなんでしょう。他の人と違う、変わったことをすることを恐れているんでしょうね。当たり障りのない仲間でいたい。

ファーブルに話を戻すと、彼は虫をじっと観察するような子供でした。当時、田舎の農民は、サラダ菜に付いているイモムシなんかも、触るだけで指が腐る毒の虫だと思っていたんですよ。でも、ファーブルは虫好きだから、観察していた。世間の標準から言えば、変な、困った子です。

虫めづる日本の絵画

養老　この三〇年ぐらい、虫好きな子はほんとうに少なくなりましたね。虫好きだと、他のことに構わずにずっと虫を相手にしていますから、親も困るんじゃないですか。

奥本　西洋では、虫好きはすごくエクセントリック（風変りなさま）に見られていると思いますね。でも、一九世紀の末か、二〇世紀の初めころに虫捕りがブームになったことがありました。いまでは昆虫採集は、時代遅れの趣味だと言われるんですけれどね。ちょうど作家のヘルマン・ヘッセやアンドレ・ジイドなんかの世代での流行ですね。

アール・ヌーヴォー（一九世紀末から二〇世紀初頭の欧州に開花した美術運動）なんかで、虫のモチーフがいっぱい取り上げられた時代もあります。それには、いわゆるジャポニスムというか、日本の影響もあります。でも、西洋の詩とか絵画で、虫のモチーフを探すのは難しいです。

養老　日本はけっこうありますね。二〇二一年に、京都の細見美術館で「虫めづる日本の美」という展覧会をやったんですが、日本の古美術と虫の関係の展示に監修という立場で参加させてもらったんです。細見美術館には、虫の入った工芸品とか絵画があるんですね。伊藤若冲の江戸中期の作品なんかもほんとうに面白いですね。

奥本　若冲は虫を非常によく見ていますよね。草のつるからキリギリスがぶら下がっている。それを、体の裏側から描写している絵があります。裏から描いた虫の図は珍しい。日本人は、誰でも接写レンズの眼を持っているのでは、と思わされます。

養老　江戸中期の画家で『解体新書』の絵を描いた小田野直武という秋田蘭画の絵描きさんがいるんです。もともと小田野家は秋田藩の家臣で侍ですけれど、直武には絵の才能が

『解体新書 復刻版』（西村書店）

あった。『不忍池図』という題の絵があって、それを見るとアリが三匹描いてあるんですよ。草が描いてあって、なんでこんなところにアリが描いてあるんだろうって、当時から不思議で仕方がなかった。要するに、よく見ろということだろうと思うんですよ。アリを描いておくと、ジーっと見ますから。

奥本　秋田蘭画は、ヨハネス・ヨンストンの動物図譜やオランダの解剖書などの影響があるんでしょうね。西洋の画家が、そういうところに虫を描くのは、絵のパトロンに「こんな細かいものも書けます」とアピールする必要性があったから、という気がするんですがね。

養老　『解体新書』の絵は、ほとんどが西洋の絵の写しですけれどね。前に調べたことあるんですけれど、面白いのは輪郭画なんですよね。当時の西洋の解剖書は、点描画ですから拡大しても輪郭線がないんですよ。しかし、『解体新書』は版画ですから、影を線で描くんです。前に拙著で指摘したんだけれど、板の上に人間の腕なら腕が置いてあって、道具で止めてあるんです。たとえば西洋の解剖書は、メスならメスが刺さっていて、それの影が描いてあるんです。影が描いてあるということは、絵描きの意識としては、人工照明がありませんから日時計ですよね。時間がずれたら影の位置がずれちゃうんです。だから、これはその瞬間の絵ですよ、ということを表している。輪郭線もないし、写真と同じ意識ですね。

奥本 だいたい中国から伝来した絵は、影を描いちゃいけないみたいですね。中国に、修行時代に、影を描いて叱られる絵描きの自伝があります。

養老 そうした輪郭のない絵、西洋の解剖書を、小田野直武が『解体新書』の中に写し込んでいるときは輪郭があるんですよ。輪郭があるということは、一度、頭の中に入れて、模式図として描き直しているんですね。頭の中から出した絵だと輪郭で描きます。

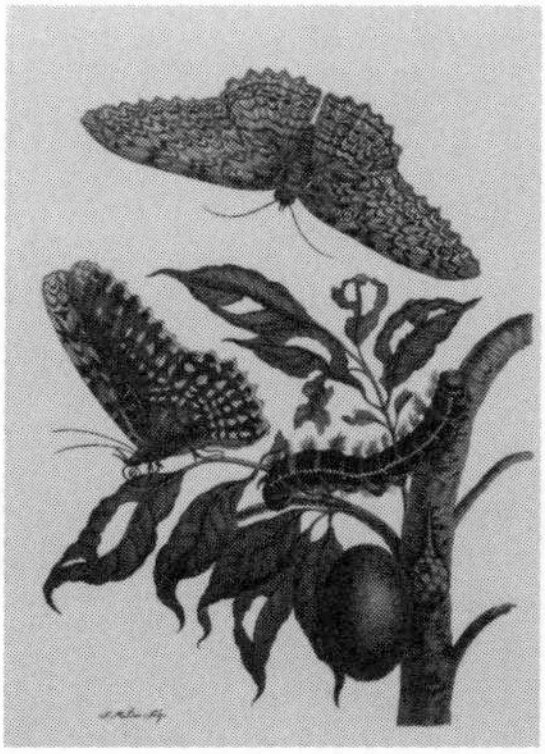

マリア・ジビーラ・メーリアンの絵

一七世紀から一八世紀初頭に活躍したドイツのマリア・ジビーラ・メーリアンは、植物や昆虫を詳細に描いた。彼女の絵は、色付けがちゃんとしてあります。色を付けるというのは、また独特なんです。解剖図では、古くは日本の絵が、色が付いていることが多いんですよ。たぶん、僕の勝手な推測だけれど、何で色を付けるかというと、直に写生した場合は、遠近法が当時はないので、結局、本物そっくりに描くことができない。それで何をしたかというと、色を付けておけば本物と照合できるということだろうと思うんですね。だから、「その場で描きましたよ」という証拠みたいに色付けしたんだと思う。当時、色が状況によって変わるということを考えていなくて、ある色が付いていたら、誰でも同じ色に見えると思っていたんでしょう。

奥本　浮世絵は、線がありますよね。絵の中にしっかり線が描いてある。筆と墨と言う、基本的な、凄い物があったから。その後、明治・大正・昭和にかけて活躍した日本画家の横山大観は、思い切って、輪郭線を描かずに絵の具の濃淡で描く「朦朧体《もうろうたい》」と呼ばれる手法を発明した。当時は、それがずいぶん物議をかもした。

養老　乱暴に言えば、印象派ですよね。網膜に近づくと線がなくなるんですよ。写真は線がないんです。

奥本　写真は非常に細かい、点描画だとも言えますね。

生態系の保全には枯葉も大切

奥本 日本人は、絵画でも詩歌でも、虫のモチーフをすごく大切にしたということなんでしょう。

養老 それだけ、実際に虫も多かったんだと思う。

奥本 家中、虫だらけだったし、隙間から虫が入ってくるんですよね。窓を開けておくと、トンボがスーッと入ってきて、そのままスーッと出ていくといったことも当たり前。暗いところを好む「泥棒ヤンマ」なんていう言葉もありましたから。ゴキブリが出ても、いまほど大騒ぎはしなかった。

養老 僕が子供のころだと、ハエがいて当たり前でしたからね。

奥本 ハエが、ハエ取り紙に真っ黒けになってくっ付いていたし、カマドウマ（バッタの一種）なんかが土間にいっぱいいたり。コオロギだって、自由に家に出たり入ったりしていた。

養老 だいたい屋根裏にアオダイショウ（ヘビの一種、別名ネズミトリ）が住んでいたんですから。

奥本 ネズミがいたからですね。ネズミが走るとアオダイショウが出てきましたよ。天井裏でネズミがダーッと走って、運動会をしていましたよね。

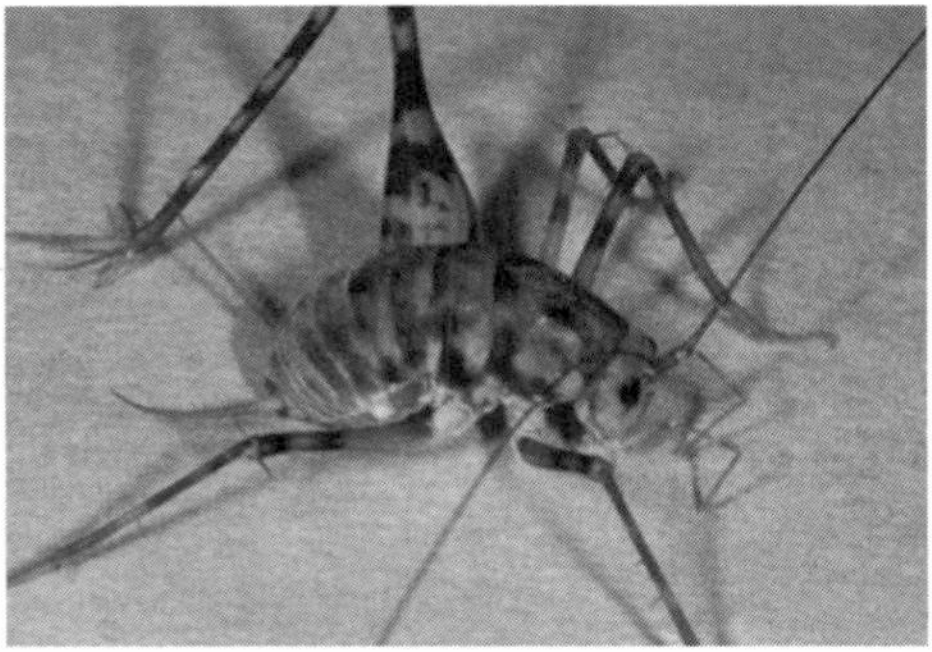
カマドウマ

アオダイショウ

養老　最初にいなくなったのは、ハエじゃないですか。トイレが水洗になったんで、ずいぶん変わりましたね。肥溜めもずいぶん前に見なくなった。

奥本　肥溜めは、「田舎の香水」なんていっていましたね。

養老　僕は鎌倉なんですけれど、鎌倉の近くに小坪（逗子市）という漁師町があるんですよね。そこの山に掛かったところに虫捕りに行ったことがあるんですけれど、そこに大きさが直径二メートルくらいの戦争中の防火用水があったんです。漁師町ですから、魚の腹わたを全部捨てて肥料にするんですよ。そこに、ものすごい数のシデムシが育っている。モンシデムシとか、オオモモブトシデムシとか、ものすごい臭いでしたけど。

オオヒラタシデムシ

奥本　肥溜めは、そのそばに行くと、すごい臭いがするのは常識だった。だから近寄らないようにするわけです。ところが、そういったところにはまったりしてね。そういう悲劇がありました（笑）。

養老　山でも、あれはちょうど戦争中の食料難が解消していく過程で、耕作放棄地がたくさん出来てきた。戦争中は、山奥の不便なところまで畑にしたけれど、戦後は山奥まで行かないわけです。それで、そこの肥溜めの名残が山の中にある。肥溜めは、古くなると表面が土と同じようになって、ある程度固くなって、普通に歩くとわからないんですよ。

奥本　皮ができちゃう。

養老　それを踏み破っちゃうと、大変なことになるんで（笑）。

奥本　正月に晴れ着を着た女の子が、はまったことがあります。うちの女中さんが庭のホースで洗ってあげたんですけれど、田んぼや畑の中は、それぐらい紛らわしいものでした。最近は、肥溜めもなくなったから、こうした悲劇はなくなりました。今はそもそも虫がい

昆虫採集は科学への第一歩か？

てもみんな捕ろうとしない。子供たちが無関心になってきて、公園でセミが鳴いていても関心がない。チョウが飛んでいても、誰も見もしないんですよ。でも、有名な虫だったら捕るんですけれどね。危ないからなのか、汚れるからなのか、虫を追いかけない。ものすごく潔癖症になりましたね。枯葉一枚落ちていても駄目なんだから。ほんとうのことを言えば、校庭の枯葉なんかは、集めて、土を掘って埋めとくと、ハナムグリの幼虫ぐらいは育つんですけれどね。枯葉はビニール袋に入れて、すぐ焼いちゃうでしょう。

養老　だから、ドイツは州によるんですけど、ブロワー（送風機）の使用を禁止したみたいですね。生態系を保全するのに、枯葉はそのままにしとけということです。

奥本　それでも、枯葉に文句を言う人はいっぱいいますよ。

養老　僕も、枯葉が落ちてくるから庭の木を片付けろとか、切れとか、そういうふうなことばかり言われる。

奥本　いまも男の子はカブトムシとかクワガタ、トンボも捕るんだけれど、チョウは捕らない。カブトムシは長生きするし、外骨格が硬いから扱いやすい。

養老　トンボ捕りは、捕るのが面白いんですよ。修行みたいな感じ。チョウは、ふらふらするからあんまり修行にならない。

奥本　そう、トンボとの空中戦。チョウは虫かごに入れておくと、ぼろぼろになるだけだから。ただ標本にする面白さは、捕る面白さとはまた違うんですけどね。チョウを捕るようになったら、いろいろな種類がいることがわかってくるし、図鑑を買ってもらうと、自分で調べてこれがまた勉強になる。科学への第一歩ということになるんでしょうね。

養老　それが、いまはもう錯覚に近いんじゃないかなと思っています。いまは科学がもう、そういうものと離れちゃいました。生物学も、ほとんど分子で語るようになったでしょう。分子って見えませんからね。日本人って、普通に生きていて、全てのものが一定の数の分子なり原子を組み合わせてできている、いわゆる原子論というふうに思いつかないはずなんですよ。そういう信念は、もともとないと思うんですよ。それなのに、そういう信念があある人たちがつくった科学を持ち込んでくると、訳がわからなくなってくる。

ちょうど僕の現役のころが、生物科学というか、化学のほうに急激に動いていった時代

モンシロチョウ

です。いずれ、こういうもので世界を説明するようになるなと思ったけれど、それは嫌だと思っていました。「もう、できねえ」と。だって、単純な計算をしたら、無理だってことはすぐわかるんですよ。細胞の大きさを考えて、分子一個の大きさを考える。それを使って、たとえば、分子を目に見えるような形で絵に描いたとすると、どのぐらいの拡大になるのかを計算して本に書いたことがあります。そうすると、水の分子の大きさがわかっていますから、黒板にH_2Oと書いたとき、それを分子の拡大図だと考えると、細胞がどのぐらいの大きさになって、人体がどのぐらいの大きさになるかを計算したことがある。そうしたら、足が地球にあったら頭が月に行っちゃう可能性がある。もう訳のわからない世界です。

　こっちはもう、虫を見て素朴に育っているんですから。ごく日常的というか、当たり前のところから考える。この勢いでいわゆる科学や化学が進んでいったら、とてもついていけないというか、やる気がしないと思って、生物科学はやめちゃったんですけれどね。だけど、みんな、科学や化学を使って考えていけばいずれ全てがわかるはずだと思っていますからね。それも、ほんとうにそう思っているんじゃなくて、なんとなく思わされている。戦争中の無敵皇軍（太平洋戦争の時期に日本軍の士気を高めるために使われたスローガンの一つで、『天皇が統率する軍隊は無敵である』という意味の四文字熟語）みたいなもんです。

奥本　ファーブルの言っているアトムというのが、そんな感じですよね。

養老　僕、それも前に、考えたことがあります。彼らの世界は、言葉をアルファベットで書いちゃう。アルファベットは文字数が、二六で決まっていますから、しゃべることも全部二六文字で書けちゃうわけですよ。ということは、世界がアルファベットでできていても、なんの不思議もない。

しかも、アルファベットを組み合わせると、とんでもないことが起こるんですよ。英語だったら、「犬」はドッグで、ｄｏｇでしょう。順序を変えて逆さまにすると、ｇｏｄになって「神」になっちゃう。順序だけで、犬がすぐ神に変わっちゃうんですから。日本語を使っていると、そういう感覚はたぶんないと思うんですよね。

奥本　そうでしょうね。養老先生が毎年行かれているブータンなんかは、アルファベットを使っているんですか。

養老　公用語はゾンカ語ですが、チベットやインド系の字を使っていますね。たぶん、表音文字なんでしょうね。

奥本　複雑な文字ですね。

養老　面白いのは、中国の周辺諸国は漢字を取り入れてないんですよね。唯一取り入れたのが日本です。

奥本　韓国も漢字をやめて、ハングルにしちゃったんですね。

養老　ベトナムは十五世紀に漢字をやめてしまった。

奥本　危険を感じるんじゃないかな。地続きで漢字を使うと同化されちゃう。

養老　そうですね。文字は自己主張をするんでしょうね。モンゴルもチベットも、独自の文字を使っている。ベトナムは最初は漢字を使っていました。歴史上は、約一〇〇〇年、中国だったんですから。

奥本　昔のベトナム人は、漢詩も書きましたから。中国といっても、漢字を使っている民族とそうでない民族に分かれていくんですよね。歴史的には、周辺で危険を感じた人たちが使わなくなったんでしょう。韓国なんかは、地理的にほんとうに危ない場所にいると思います。ベトナムも歴史的に中国の影響を受けています。ホーチミンなんて、三つぐらい名前の書き方があるんじゃないですか。

養老　ホーチミンって漢字で書けますか？　漢字でも書けるんですよ。ホーは古いに月を書いて「胡」、チは「志」、ミンは明治の「明」で、「胡志明」と表記できるんです。ベトナムは日本と同じで、かなり融通が利くんですね。面白かったのは、香港で飛行機の乗り換えで待っていたら、行く先が漢字で表示してある。そして「河内」って書いてあるんですよ。

奥本　ハノイだ。

養老　そう。大阪行きじゃないの（笑）。

奥本　河内音頭を思い浮かべちゃう（笑）。ベトナム人は中国の後、フランスの植民地にされて苦労しました。およそ、植民地にされるとしたら、世界で一番目と二番目に嫌な国の植民地になりました。どっちが一番かは知りませんが（笑）。

「仮名文字運動」と「カナモジカイ」

養老　アルファベット二六文字だけで表わせないものがあるとしたら、それは「世界3」ですね。個人だけに属するから。だけど、一般に大勢の人が了解する言語を、それをわずかな要素で書くことができるというのは、それも、ずいぶん大きなことですね。アメリカ人が真面目に、日本語をアルファベットで書くべきだっていう本を書いたことがありますよ。つまり、日本語だと一個一個の文字を仮名にする。

奥本　漢字を廃止して、仮名だけを用いようとする「仮名文字運動」が盛んな時代がありましたね。「カナモジカイ」という団体は、漢字交じりは非能率的だから、カタカナだけにして左書きにするのがいいとか言っていました。

養老　言いたいことはわかるんですけれど、仮名文字だけで書けるのかな。

奥本　『コンチューナナヒャクシュ（昆虫七百種）』（岡嵜常太郎著・松邑三松堂）という本がありましたが、あれはカナモジカイですよ。

養老　そうですか。僕の先生の先生だった西成甫先生は第一次世界大戦のころ、ドイツに留学していて、戦争が始まって日本が連合国側に参戦したもんだから、ドイツの牢屋に入れられた、という話をよく先輩がしていました。そのときに、西先生は解剖学ですが、橋田さんという同級生で生理学の先生も牢屋に入れられそうになったんだけれど、役人が来

『コンチューナナヒャクシュ（昆虫七百種）』（松邑三松堂）

たときに、まず彼らは名前から聞くじゃないですか。それで、「フォン・ハシダ」と言ったらしい。フォンっていうのは貴族に付けるから、フォン・ハシダって言ったら牢屋に入れられないで済んだとか。西先生は東京の下町の出身だから、そんなことは知らない。その代わり、牢番の娘を手なずけて、毎日牢屋でビールを飲んでいたという豪快な人です。西先生は、戦争が終わって船で帰るときに、船中で「これからは英語の時代だ」と、誰かがしゃべっているのを聞いた。「戦争で負けたから、ドイツ語なんか駄目」だって。西先生は、かっとなってエスペラント（国際共通語として人工的につくられた言語）を始めた。僕が大学院生になったころ、まだ西先生は元気でおられました。専門を引退されていても、エスペラントの研究会だけはやっていましたよ。

奥本　エスペラントっていうのは、中途半端な言葉ですよね。でも、みんな、英語に反発する気持ちがあったんだな。

養老　そう。「これからは英語だ」というのを聞いて、「ふざけんじゃねえ」って（笑）。

奥本　僕の同級生で、親父がカナモジカイで、カタカナで名前をつけられたのがいましたね。そういう親の世代もあった。でも、日本語は、ひらがな、カタカナ、漢字もありで、それを一目で読めて、理解できるのはすごいことですよ。

養老　漢字かな混じりってよく言うけれど、それにアラビア数字でしょ。いろいろなものが入っていますよね。

奥本　ソルボンヌの窓口でアラブ人が、窓口の女性と怒鳴り合いをしているわけです。窓口の女性が、あなたの書くアラビア数字が読みにくいと言ったんでしょうよ。そしたら、「この数字が読みにくいだと？　これは俺たちが発明したんだ」と大声で捲し立てている。すごいなと思った（笑）。

養老　表音文字である、かな、カタカナ、表形文字である漢字を組み合わせた日本語は、日本人の思考に大きな影響を与えています。それは、アルファベット二六文字だけで世界を書き尽くそうと考える英語圏の人たちとはまったく違う。

第二章

人間には自然が必要だ

ファーブル昆虫記
第3巻に登場する昆虫
モリオハナムグリ
Cetoria morio
小型のハナムグリ。幼虫は腐植土を食べて育つ。
ニワツチバチの獲物となるコガネムシの仲間
ツヤハナムグリ
Potosia cuprea
日本のカナブンに似るがやや小型。ハナムグリの幼虫は地面に置かれると、仰向けになって背中で這い、枯葉などの中に潜ろうとする。
キンイロハナムグリ
Cetonia aurata
色彩には微妙な個体差がある。幼虫は地中で腐植土を食べて育つ。日本にもよく似た種類がいる。
オウシュウサイカブト
Oryctes nasicornis
フランス最大の甲虫。日本産のサイカブトとよく似ている。ファーブルは自分の研究所、アルマスの庭で堆肥の山の中にいるカブトやハナムグリの幼虫をたくさん見つけて観察し、実験した。
♂
♀
ニワツチバチ
Megascolia maculata
コガネムシの仲間を幼虫の餌にする。地中に潜り込み、獲物を麻痺させて卵を産み付ける。卵からかえったツチバチの幼虫は、コガネムシの幼虫を生きたまま食べて育つ。
ミドリゲンセイ
Lytta vesicatoria
翅の柔らかい甲虫の仲間で、ツチハンミョウに近い。
体内にカンタリジンという強い毒を持つ。ヨーロッパでは古くから本種を民間薬として利用してきた。
虫の詩人の館 L'Oustal del Fèlibre di Tavan
特定非営利活動法人 日本アンリ・ファーブル会

人間は湖や海岸や森の自然を求めている

奥本　最近の子供は、有名な虫だったら捕ったり、興味を持ったりしますね。特にカブトムシの仲間のヘラクレスは大人気です。虫好きがいなくなったわけではないのです。だいたい男の子は、いまでも天体少年、昆虫少年、それから、スポーツ少年とかに分かれるんじゃないかな。

養老　僕らが小学生のころは、男の子は二通りありましたね。虫にいくか、鉱石ラジオにいくか。

奥本　鉱石ラジオって、ありましたね。回路の一部に鉱物の結晶を用いて、受信機をつくるやつですね。それで、もうちょっとお金があれば、親に望遠鏡を買ってもらえるから、天体少年になるんですよ。いつの時代も、子供は流行りのものに飛びつく。アニメで、それこそ『ファーブル昆虫記』をやったらブームになるでしょうね。昔、学研が企画して、漫画家の手塚治虫先生に頼んで『昆虫記』のアニメをつくろうとしたんです。登場人物の人間はアニメで、虫は実写でやることが決まった。手塚先生は、映画『ファンタジア』（監督＝ベン・シャープスティーン・一九五五年日本公開）で指揮者のレオポルド・ストコフスキーとミッキーマウスが握手する場面に非常に感激されたみたいで、あのような映画をつくりたいと。実写と漫画、アニメが混じるやつだと言っていましたね。私が監修の予定でした。手塚先生が、胃の具合が悪いとかで、ちょっと検査に、と入院されて、それが最後でした。

ヘラクレスオオカブト

養老　実写と言えば、最近思うのはＮｅｔｆｌｉｘとかＨｕｌｕとかで、ドラマをよく観ているんですけれど、そのときの待ち受け画面には、自然が多いんですよね。映画やドラマが好きな人でも、結局、根底には、そういう自然や風景みたいなものに惹かれるようなんです。それをみんなが必要としているんだな、っていうふうに感じますね。ニューヨークの街角とかパリがいきなり出てくるっていう待ち受け画面はあまりないんですよ。どちらかというと、湖とか、海岸とか、森ですね。なのに人はどうして、もうちょっと素直に、そういう自然を受け入れないのかなと思いますけれどね。

奥本　養老先生が育たれた鎌倉の自然に囲まれた環境というのは、先生の人間形成にすごく大きく影響していると思いませんか。

養老　そうですね。朝起きて、二階から外を見ると、向こうにこんもり茂った小さな草木がある。しょっちゅう花が咲いている。

奥本　鳥が鳴くし。都会では、鳥も鳴かないし、花も咲かない。自然と接する機会が少ない環境で育った子供が増えていますよね。もちろん、よく見れば、木もあるし、セミも鳴いている。でも、あの木は邪魔だから、切れ、とすぐ言う。枯葉が落ちる。花はいいけど、花びらが散ってゴミになる。

養老　同じ鎌倉でも、僕が育ったころといまとでいちばん違うのは、海岸沿いに道路ができたことです。それをつくるために松林をなくしちゃったんですね。

奥本　昔は松林がけっこうありました。

養老　僕はよく松林に行ったんです。下が砂でしたから。ひっくり返って、本を読んだりしていたんですけれど。それこそ『ファーブル昆虫記』とかを読んでいた。いまは、その空間が消えちゃって、車がひっきりなしに行き交う。松林で、あるとき犬が死んでいたんです。いまなら、犬が死んでいたら、それこそ枯葉どころじゃないですよね。保健所に連絡がいって、片付けるんでしょうけれども、当時は死んだままにしていました。そうすると、ルリエンマムシとオオハネカクシが嫌っていうほどいました。

奥本　へー。宝の山じゃないですか。

養老　捕りたくもないほど、いっぱいいましたけどね。そんな風景がなくなりましたね。

奥本　だから、昆虫学会会長の日高敏隆先生の時代には、それをほじくっていると、おまわりさんに、「ちょっと来い」って言われた（笑）。

養老　それは戦争中ですね。いま、ルリエンマムシなんて神奈川県で捕れたら、雑誌に出る記事ものですよ。

奥本　報告ものですね。ルリエンマムシは捕ったことないですね。

養老　春になったら、普通に飛んでいましたよ。捕っても、「なんだ、ルリエンマムシか」という感じでした。

奥本　小動物の死体などに集まるから、汚いところにいたんでしょうね。ところで、養老先生は、ブータンだけでなく台湾にもよく行かれていますね。

養老　地理的なことにも、かなり興味があって、行っています。台湾はけっこう虫も多いんですよ。

奥本　台湾は成り立ちがずいぶん複雑ですよね。高砂族《たかさごぞく》にも、いろいろな民族の系統があるようですね。虫も西部シナ系とかフィリピン系とか。

養老　地質的には割合よくわかっていて、氷河期の時代は中国本土が台湾島まで伸びていた。その後、海ができて切り離されちゃった。

奥本　ところで、イギリスはなぜブータンを狙わなかったんですか。

養老　ブータンはヒマラヤにありますから、入りにくかったんじゃないですか。そのうえ、利益がないというか、あまり狙う意味がなかった。占領してもしょうがないと思ったんでしょう。農家がパラッパラッとあるだけで、中心がもともとなかった。

奥本　私は、ブータンは一回しか行ったことがないんですけれど、養老先生は何度も行かれていますね。

養老　面白いんですよ。何とも掴みどころがなくてね。虫はあまりいないんですが、ときどき捕れるんです。でも、ブータンは虫の持ち出しができないんです。ブータンの人が持ち出す分には構わないんですがね。

奥本　資源ナショナリズムですね。要するに、虫は自分の国の資源だから、他国に盗まれては困るという考え方です。

「ノースマホデー」をつくればいい

奥本　日本の子供は最近、外にも出ないいんじゃないかな。

養老　外に出て、子供を自然に触れさせるには、週に一回でも月に一回でもいいから、スマホを使わない日を決めたらいいんです。国民の休日みたいにしてはどうかと思う。

奥本　その日に、植物採集をするだけでも、自然の多様性がわかると思いますよ。国民の「ノースマホデー」というやつをつくればいいんですよね。

養老　変な休日を増やすより、子供のためにはいいと思いますけれどね。

奥本　子供と一緒に、植物の生態写真を撮りゃいいんですよ。絵に描くのは、もっといいですね。植物学者の牧野富太郎や博物学者の南方熊楠は、観察して絵に描くマニアですよ。描いているうちに覚えちゃうんですよね。牧野さんなんかの絵は、そうですよね。熊楠は文章も書く。手塚治虫も絵に描く、描き写すマニアです。

養老　僕、絵を描くのがまったく駄目で（笑）。

奥本　そんな人たちも、昆虫学者の平山修次郎以上の『原色昆虫図譜』（『原色千種昆虫図譜』平山修次郎著 LOGDESIGN publishing編集、Kindle版）をつくるのは難しいでしょうけどね。この本は素晴らしい。しかし、集めたり、分類したりするのは、楽しい作業だと思いますけれど、子供が切手を集めたりすることもなくなったでしょう。カラー写真できれいな切手が載っている印刷物は、昔は大事にしたんですが。「見返り美人」や「月に雁」といった有名な切手に憧れることもなくなった。切手収集の趣味の会も年寄りばっかりです（笑）。「分類して、完璧に集めない」と気が済まないという子供は減った。

養老　こういう話をすると、親は子供が自然に親しむように鍛えようとするんでしょうけれど、鍛えるとか鍛えないとかいうのが、そもそも悪い癖ですよね。鍛えなくていいんですよ。スマホのない日をつくって、子供に「外に行って遊んでおいで」でいいと思うんですが。

奥本　私は文京区千駄木で、「ファーブル昆虫館」をやっているんですけれど、ここに来る子供たちは昆虫に興味を持っている。でも、親が連れてくる子の中には、昆虫に興味を示さない子供もいます。わりと手軽というか、天気がいいと近場のこういうところに寄ってくれます。取材で来た新聞記者は、このコレクションの中で「いちばん高いのは何ですか？　全部で何匹いますか？」と聞いてくる。他人の評価を気にするというか、素直に見てくれればいいのに、と思うんだけれど。昆虫にあまり興味のない人には、中南米のモルフォ蝶とか、ああいうきらきらした光る虫がいいのかもしれない。養老先生の住んでらっしゃる鎌倉にも、改めて捕りに行けば、いままで見つけられなかった虫とかもいるわけですもんね。

養老　そりゃ、いくらでもいますよ。

奥本　養老先生が生まれて初めて捕ったのが、カニだというのは面白かったな。カニを海岸で捕ってきて庭

モルフォ蝶

ベンケイガニ

に放したら、みんな死んじゃうんですよね。

養老　カニって面白くないですか。何とも変な生き物でしょう。横向きで歩くし。

奥本　真っ赤な大きいカニは何て言うんでしたっけ。

養老　ベンケイガニか、アカテガニですか。アカテガニはわりあい大きいですよね。幼稚園生のころには、掴むのにちょうどいいんです。怖さもちょうどいい。はさみで挟まれても、少し痛いだけで大したことはない。

アカテガニ

奥本　原点はカニですか、やっぱり甲殻類。

養老　鎌倉海岸の河口の砂地で見つけたコメツキガニですね。コメツキガニは砂の粒を集めて、まん丸い玉をつくってね。そばに寄っていくと、穴にひゅっと入っちゃうんだよね。

奥本　カニとクワガタを、インドネシアでは混同しているようなところがありますね。クンバンとかなんか言って。

養老　感じが似ていますよね。

奥本　真っ黒な大きいクワガタね。『Ｉｎｓｅｃｔｓ

Ａｂｒｏａｄ』（海外の昆虫）というイギリスの大ベストセラーが一九世紀にあったのかな。クワガタをドイツ人の学者に見せたら、「まるでカニかエビみたいだ」って言ったと。それが、「エビ」と言えずに「エピ」と言ったと、バカにしています。

養老　食べても同じ味がするとかって書いていないですかね（笑）。

奥本　養老先生が昆虫採集とかを最初に始められたのは、何がきっかけなんですか。

ミナミコメツキガニ

養老　誰かの本を読んだんですね。たしか冬休みで、することがないんで、その本を読んでいたら、冬場にも虫がいるって書いてある。石なんかひっくり返せば、その下にいるって。それで、真面目に近所の山に行って、石をひっくり返して探していました。それが始まりですね。やっぱり、いましたね。そのあとそれを標本にしたりとか。その本には、ちゃんと標本にするって書いてありましたから。ただ、いちばん困るのは、虫を殺さなきゃいけない。当時は、薬屋で青酸カリが買えたと思うんですよ。

奥本　買えたでしょうね。

ヤママユガ

養老　それで殺したのかな。

奥本　帝銀事件（一九四八年に起こった毒物殺人事件）のころじゃないですか。

養老　そうです。

奥本　僕は、子供のころは入院していたから看護師さんが付いていて、青酸カリなんか使わせてくれなかった。昆虫採集を始めたきっかけは、小学五年生ぐらいかな。四年生のときに、ずっと病気で寝たきりだったんだけれど、従兄弟が標本を持ってきて見せてくれました。僕は、その晩から やり始めた。従兄弟の標本は、ゴキブリまで針で止めてあって、そのゴキブリの卵鞘《らんしょう》が腐って、カステラの箱の杉の木の匂いと混ざってすごい臭いがして、頭痛がしました（笑）。ちょうど秋だったかな。

養老　たしかに、子供のころは、大人のつくった標本を見るとびっくりしますからね。

奥本　表札の電気のところに黄色のヤママユガのメスがいてね。従兄弟が、それにアルコール注射して標本をつくったのを見て、強い印象を受けました。すごく綺麗だったな。あの

ゴマダラカミキリ

ゾウムシ

黄色はまだ眼底に残っていますね。いまだに、夢に見ますね。

養老　虫に目が行くと、こんなに虫がたくさんいるのかって、まさに多様性ですよ。

僕は、最初は甲虫ですね。チョウとかガは、摘《つま》むと鱗《りん》粉《ぷん》が付くし、苦手なんです。バッタは腐るしね。トンボとかは、標本をつくりにくいし。お腹に麦わら通せとか言われても面倒くさい。甲虫がいちばんいいんですよ。そのまんまでいいから。ただ、針を刺せばいい。上から見て触覚やそれぞれの足を見えるようにする、展足《てんそく》なんて面倒くさかったしね。

奥本　カステラの箱が標本箱でしたね。

養老　甲虫と言っても、カミキリやゾウムシとかコガネムシとか、当時は何でも硬い虫ならよかった。明かりに寄って来るから、けっこう捕りやすかった。センチコガネが多かった。コガネムシは、いっぱい飛んでいましたよね。うちも町中だったけれど、ムネアカセンチコガネなんか、ときどき飛んできていたから。角があって格好いいんですよね。

奥本　ムネアカセンチは、何年か前に、先生の箱根の別荘で部屋に入ってきましたけど、いまはなかなか取れない珍品ですよ。

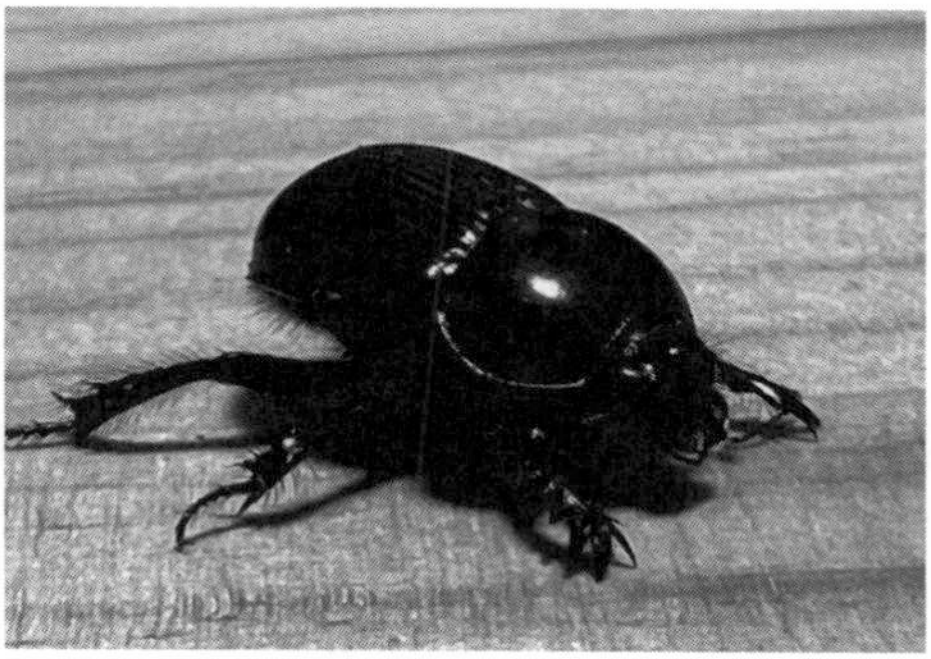

オオセンチコガネ

養老　いませんか。ムネアカセンチじゃないですが、オオセンチの生態が、最近わかったんですよね。

奥本　オオセンチの生態は、ややこしいんですよ。普通の糞虫とは食べるものが少し違う。

養老　結局、オオセンチコガネは、枯れ葉だって言っていますね。糞にいるんでね。糞は枯れ葉と似たようなものですから。

「京浜昆虫同好会」と「京浜安保共闘」

奥本　普通は、チョウはかわいいと思っても、ガは気持ち悪いと思われている。でも、ガは奥が深いなと思いましたよ。でっかいスズメガは、慣れるまで時間かかりましたけどね。

養老　胴体が太すぎますね。チョウは面倒くさい。展翅《てんし》が面倒くさいでしょう。

奥本　その面倒くさいところがよくなるんですよ。ぴしっと決まると気持ちがいい。でも、子供向けの昆虫標本をつくるセットなんかあるけれど、標本がすぐ駄目になっちゃう。湿気がよくないいんですよ。それに、あの注射は意味ないんですもんね。虫にとっては痛いだけでしょう。ヤブ医者だ。

セスジスズメ

ヒメマルカツオブシムシ

養老 あれがほんとうの子供だましってやつ。

奥本 注射がないと、昆虫採集キットの格好がつかないから付いているだけ。入っているのは、よくてせいぜいアルコールぐらいかな。昆虫標本は、湿度をちゃんと維持できれば、百年でも千年でも保つと思いますけどね。

養老 ぴたっと閉まる箱じゃないと駄目ですよ、虫が入るから。

奥本 その前に、十分乾燥させて、機密性のいい箱に入れて、防虫剤を入れておくといいですね。そうすると、カツオブシムシとかチャタテムシから防げる。それと、カビが生えないようにしないとね。甲虫でも、チョウでも、きちっとジャンルを決めて、そこだけしかやらない方――たとえば養老先生みたいにゾウムシしか集めないという方もいらっしゃいますが、野放図に、何でもかんでも集めちゃう僕みたいなのもいます。虫好きは、いろいろですね。養老先生の標本は完璧ですね。標本箱の中に、またちっちゃい箱入れて、その中に小さいゾウムシを収めている。

養老　小、中、高とずっと集めてきたなかで、やり方が変わったことはあまりないんですけれど、捕りに行く場所は広がりました。

奥本　私は何でも捕るんですよ。いろいろな昆虫を標本集から買ったりもするから、範囲を決めて細かくやっている虫好きからは軽蔑されているかもしれない。僕もいずれ死ぬとして、標本をどうしようかというのは大問題ですよ。僕の小さな博物館にも、断捨離標本を預けにくる人が山ほどいますからね。標本は集めるのにも、お金がかかるから。お金をかけて集めて、それをまた今度は、どこか然るべき機関に保存してもらう。そのときに、持参金がいるんですよ。だから、大金持ちの社長みたいな人は、大学の博物館とかに預けるんでしょう。高いお金を出して買ったものを、また防虫剤代とか除湿代とか、いろんな名目で何千万円と取られても、無理して預けていますよ。庶民は、そんなことできないからなあ。養老先生はどうされるんですか。

養老　考えていないよ。順送りで、お互いさまって言っていますね。

奥本　家族に捨てられちゃうからなあ、僕なんか。

養老　譲る場合は、譲った相手がどのぐらいお金に余裕があるかにもよりますね。だいたい、すぐカビが生えたり、虫が入ったりするから、それをきちんと管理できるかどうか、知識とお金の問題ですね。

奥本　箱根はどうなんですか、湿度は。

養老　湿度は、去年エアコンを二台入れて、ガンガンに乾かしてあります。木のドアが開かなくなるぐらいに。

奥本　湿度三〇％が理想的と言いますけれどね。

養老　春先だと二〇％ぐらいまで落ちますね。

奥本　冬は乾燥し過ぎています。

養老　問題は、梅雨から夏にかけてですね。知り合いが大きなチャック付きのビニール袋で、中に脱酸素剤と乾燥剤を入れて、酸素と水を抜く方法で保存している。その中に一箱を入れて、ビニール袋、チャック付きですから閉めちゃって、それで一〇箱ほど、いま実験的に置いたんですけれど。それは、きれいに残りますね。

奥本　展翅、展足も崩れないでぴしっとしていないと気が済まない。

養老　できればね。

奥本　でも、甲虫は何となく緩んできますよね。

養老　それはそれで、いいんじゃないですかね。

奥本　虫捕りと言えば、僕が小学校一年のときに、先輩がいて、その人がギンヤンマをほんとうに上手に捕るんですよ。虫かごに、ぎゅうぎゅうになるくらい。先輩は、中学生になったら引退してね。ときどきポケットに手を入れながら、われわれが捕っているのを見に来るわけです。貫禄があった。彼が持っている三角の網が、手づくりの特別な網で、名刀「村正」みたいな感じがしました。

ずっとのちの話ですけど、「京浜昆虫同好会」というのがあって、養老先生は、そこの創立メンバーなんでしょう。メンバーには慶應義塾大学の藤岡知夫先生もいて、彼はレーザー工学が専門なんですけれど、チョウの研究家でもありますね。

養老　もう亡くなられたんですけれど、西川協一という人が上手に人を集めるというか、誘う才能があって、それで「京浜昆虫同好会」はできたんですよ。

奥本　ちょうど僕らよりも六年ほど先輩ですよね。僕が東京に出てきたら、「京浜安保共闘」というセクトがあってね。なんかややこしい（笑）。

養老　そうなんですよ。そのころ、「京浜昆虫同好会」の虫屋が、夜に虫を捕っていると、警官に職務質問されるでしょ。そうしたら、「京浜」って言いかけた。「何、京浜」って不審がられて、すぐ捕まったっていう話がありました（笑）。

奥本　車のトランクを開けると、ノコギリやツルハシみたいな危険な道具が、いっぱい出てきたという噂もあるし（笑）。

里山をつくり、トンボ捕りをやろう

奥本　「ファーブル昆虫館」には、小学校の低学年の子がいっぱい来てくれるんですけれど、高学年になって虫捕りがうまくなったら、みんな塾とかで忙しくなってくる。中学受験ばかりじゃなく、自然に親しんだりすることが大事。それこそ文学でいえば小説なんかを読んだほうがいいと私は思うんだけどね。最近の子供は、機械には強いですね。この「ファーブル昆虫館」だって、どこのスイッチを入れればいいのかをよく知っている。

養老　でもやっぱり、スマホを使わない日をつくったほうがいい。スマホは、ほんとうに中毒になるから。アンデシュ・ハンセンというスウェーデンの脳科学者が『スマホ脳』（新潮新書・久山葉子訳）という本を書いて、ベストセラーになった。でも、本は売れても、実行する人はいないね。スマホの使えない日を何日かつくるっていうのは、アイデアとして悪くないんじゃないですか。

奥本　電気を使わない日とか。

養老　震災が来れば、そうなりますね。

奥本　水道も。インフラ全部が麻痺しますよね。

養老　現実の物に触れたり、自分の世界で考えたりすることが増えたほうがいい。

奥本　トンボ捕りをする、ギンヤンマを捕る日というのをつくればいい。そのために、田んぼとか里山みたいなものをつくる。それは国でやればいいと思うんですよ。ギンヤンマを捕った子に、勲章をあげればいい（笑）。

最近は、景色は変わっていないのに、昆虫が減っているという、不思議なことがありますよ。植物は同じなのに、昆虫が減っているんです。

養老　そうですね。理由はよくわからない。昆虫も住みにくいなと思っているんじゃないですか。生きているのが嫌だっていうか。

奥本　微生物の段階で、もう減っているのかもしれませんね。

養老　そうです。明治神宮は五十年ごとに調査をやっていて、五十年前と今回でいちばん違ったのは、ササラダニの種類が半分になっている、ということでした。他の虫はあまり変わっていなかった。植物は見えているからわかるんですけれど、ダニは見えないからわからない。ササラダニは土壌中で腐植物を餌にしているから、影響が出るんだと思います。

調査には、もう亡くなられたんですけれど、横浜国立大学の名誉教授で土壌動物学者の青木淳一先生が取り組んでいました。ササラダニの分類や生態の専門家でした。

奥本 青木さんは、ダニをどんどん発見して、片っ端から人の名前を付けていくんです。

養老 嫌がらせみたいに（笑）。

奥本 ダニに自分の名前が付いていても、喜んでいいのか悪いのか。石垣島と西表島だけに生息するアサヒナキマダラセセリという蝶は、朝比奈正三郎博士が発見したんです。朝比奈先生が採集に行ったら、昆虫採集に来た人が「あんたもアサヒナキマダラセセリを捕りに来たの？」って聞いたって言うんです。訊いた相手が悪かった（笑）。

子供は昆虫採集に来ると、カブトムシやクワガタが目当てなんですけれど、甲虫が捕れなかったらダンゴムシでいいと。どんどん格下げしていく。メクラグモ（ザトウムシ）とか、足の多いのは苦手みたいです。

養老 僕は、虫を捕るのが下手でね。知り合いの虫好きは、僕よりうまい人ばっかりだから。一緒に行くとそれがよくわかるんですよね。僕が捕って、そいつが捕っていなかった

オカダンゴムシ

メクラグモ（ザトウムシ）

りすると、帰れないんですよ。自分も捕るまでって。「あんな下手なやつが捕っているんだから」ってなる。

奥本　だけど天気が悪くなると、チョウを捕るのは難しい。天気が悪いと飛ばないから。

養老　花とかに集まる虫は、天気に左右されますね。

奥本　照る日や曇る日はいい。叩いていればいいだけ。

養老　叩いても捕れないやつがあるんですよ。だから、鉄パイプで叩いている人もいる。彼が通った後は、クマが通ったのかと思って（笑）。

奥本　京浜安保共闘（笑）。僕は、人から買い上げるのが上手で、買い叩く。集めたいというのがあるから。集めるのがいちばん先ですね。集めないと調べられないし、コンプリー

イスノキ

タマムシ

ト（完成）できない。

養老　手元に置いて、調べたいというのがありますよね。四年前ほど前に、タマムシを捕りに屋久島に行ったんです。トラップ（罠、仕掛け）で捕れるに違いないと思って行った。そのときは、僕も含めて仲間が七人いたんです。屋久島だから、どうせ半分ぐらい雨が降るだろうと思ったら、なんと五日間いる間、ずっと快晴だったんですよ。こんなことは考えられない。それでも延べ三五人でやって捕れなかった。その後、次の年に農大の教授が行ったら、捕れたと言うんです。悔しかったですね。

　それまでは、トラップで捕れていたんですね。虫が当たったら落ちるというトラップ。それが捕れなかった。そうしたら、常緑の高木でイスノキの若芽で捕れたんですね。イスノキというのは、九州から南に行けばたくさんあるんで、イスノキで捕れるとわかったから、ここ二～三年行っています。だけど、若葉が高いところにあるんです。だから、七～八メートルもあるような竿を持って行って、高いところはそれで捕るんです。また行くことにしているんですけど、自分でそんな竿を振る気もないんですよ。竿を振ってくれるヤツを、誰か騙して連れていかないと（笑）。

奥本　あれは、腕力がいりますよね。だけど、いまはグラスファイバーとか、いい材料でできた素晴らしい竿があるな。その代わり、感電するけれど（笑）。

ユーカリ

アカシア

養老　長さ一八メートルのものもあって、これなんかとても使えたもんじゃないですよ。持っているときは、バズーカ砲を担いでいるのと同じですもん。タマムシ用だから、伸ばして立てとくだけなんですよ。そうすると網に止まるんで、一八メートルを大急ぎで下ろす。布に止まらせるだけなら、もっと細くすりゃいいんだと思うんだけれど。

奥本　応援団の団長だな。竿が曲がって、見当をつけるのが難しいんじゃないですか。ここにいるはずというのを捕るわけでしょ。

シシウド

養老　高いところを飛んでいるんですよね。だから、偶然、網に止まるのを待っているんです。

奥本　不思議ですね。ヨーロッパのタマムシは、地面に生えている花にいっぱい来るんですよね。シシウドみたいな花に来るんですけれど、日本のタマムシは、花にはあまり来ませんね。

養老　オーストラリアのムカシタマムシというのは、花にいっぱい来ますね。

奥本　そうですか。ムカシタマムシって捕ってみたいな。真っ赤なやつとか。

養老　ムカシタマムシなんて名前を付けられると、いまどうなんだよって、すぐに言いたくなる（笑）。ユーカリの花やアカシアに来ますね。何しろ、オーストラリアにはユーカリとアカシアしかないんですから。

虫が減ったら、鳥も減る

養老　いまは、子供に虫を扱わせるのを、科学のためのように言うんだけれども、それはたぶん違うんですよね。僕なんか虫が好きで、こうやってずっとやって来たけれど、逆に、いまの科学に反発していますからね。いまの科学と思われちゃうと話が違うんです。現在の科学は、その世界にこもって、現物に会うのは実験室の中だけでもいいわけです。

　ファーブルの世界は、そういう世界とは違うんです。自分と、本来真っ暗であるはずの世界との格闘ですから。それを人間の世界のことで振り回してもらいたくないんですよね。最近は、個性の尊重とか、いろいろと訳のわからないことを言うでしょう。そういうことを全部すっ飛ばして、「自分対虫」という、そういう世界を確保したいね。虫を調べていると、ほんとうに格闘という感じがしてきますね。「世界1」と格闘している感じです。捕ってくるところから、標本にして眺めているところまで。

奥本 たとえば、先ほどお話しに出た屋久島もそうでしょうけれども、条件が良すぎても捕れないときは捕れない。

『昆虫絶滅』（早川書房）

養老 そうですね。しかも、日本は四季もあるし、雨も降るしね。この季節にしかいないとか。いろいろ条件が厳しい。

奥本 普通の状態で、普通のコンディションで捕ってやると。一年に一回出る虫だったら、ベストシーズンは二週間ですよね。これこそ、「世界1」との格闘ですね。

養老 虫ってターゲットを絞るもんじゃないかもしれません。絞ると、だいたい捕れない。

奥本 だから、専門外の人がいい珍品、捕りますよね。

養老 偶然、捕れりゃいいんで。でも、虫がすごく減っている。農薬の使用を減らすとか、できるだけ皆さんが自然の領域を保全するように心掛けるとか、それを止めようとする方法はあるんでしょうけれどね。オリヴァー・ミルマンという人が『昆虫絶滅』（オリヴァー・ミルマン著、中里京子訳、早川書房）という本を書いて、もし昆虫が絶滅したら、人類社会は崩壊すると言っている。この本によれば、トウモロコシの作付面積と芝生の面積が、アメリカはイコールらしいんです。だから、自然を維持したければ、自分の庭とか家の周りに芝生なんかつくらないで放っておけということなんですよね。芝生はステータスなのか、そんなステータスに意味があるのか。僕は雑草を生やしときゃいいだろうって思うんだけれど。

奥本　みんな雑草はほんとうに嫌いですね。

養老　無秩序の、カオスの象徴みたいに思っているんですかね。

奥本　ドイツなんか、下手すると、雑草を生やすと罪になるんじゃないかな。

養老　日本の公園でも、人間が手を入れてしまう。そうじゃなくて、無秩序な状態でいいんですよ。

奥本　空地に土管が転がっていて、草が生えていて、子供が遊んでいるような「ドラえもん」の風景ね。あの風景は文化ですね。

養老　一九九〇年ごろから、急に虫が減った感じがする。少子化もそのころから議論されていますが、生き物全体が減ってしまう世界を人間がつくっちゃったんですよ。

奥本 雑種の犬がいなくなってきたという話もあります。

養老 そのうち犬も自殺するんじゃないですか。世界的に、生き物が減っているんですね。だって、虫が減ったら鳥が減るに決まっているんだから。コウモリと小鳥が、いちばん困っているんじゃないですか。なんにも食うもんがないから。

奥本 自動車に捕虫網を付けてずっと走ると、どれだけ虫が捕れるかという調査がありますが、あれも、ものすごく減っているみたいですね。

いま、世の中はずいぶん変わりました。先生のおっしゃる「世界2」の他の世界に対する侵食のせいか、博物学という学問分野がなくなってしまいました。大学で自分のやっている分野を申告せよと言われて、博物学にしようかと思ったらないんだもん。みんな専門化しているから。

養老 そうですね。いい加減なのは、学問じゃないって言われる（笑）。

奥本 医学だって、ずいぶん変わった。医者が手を握ってくれないって言うじゃないですか。脈も取ってくれないとか。ベロの色も見ないし。そんなことは格好悪くてしょうがないからかなあ。

養老　医学はずいぶん変わりました。システム化されて、数値化された。そのシステムに乗らないものは、全部ノイズなんですよ。だから、患者の顔色なんてノイズでね。顔色が数値化されて、この数字だったら貧血ですとか、それなら、システムの中に入る。

奥本　システム以外のことを言うと、医者が嫌がるもん。忙しいのに、ややこしいこと言うな、みたいな。

養老　僕が鎌倉の銀行に行って、手続きをしようと思ったら、銀行の人が「本人確認書類がいるんですけれど」と言うわけ。そうすると、普通は運転免許証なんです。僕は運転免許を持たないから、「運転免許を持ってねえんだよ」って言うと、「健康保険証でもいいんです」と。でも、「ここは病院じゃねえだろ」って返すと、銀行の人が「困りましたね。本人とはわかっているんですけどね」って言う。「じゃあ、うちの猫が運転免許証くわえてくればいいのか」って。本人とは、運転免許証のことなんです（笑）。

つまり、僕が本人だとわかっていても、相手の人が思っているその実物は、ノイズなんですよ。だから、銀行が考えている本人とは、システムの中の本人確認の書類って決まっているわけです。現住所があって、写真が貼ってあるものを指しているんです。そこに本人が来ても、邪魔にしかならない。医者もそうなんです。検査の結果は数値であるわけですけれど、本人が来ると、そこに入らない情報をいっぱいくっつけてくるわけですよね。それは、ノイズと解釈され、本人はノイズの塊に変わった。だから、医者にとって本人はいらない。銀行にとっては、もっといらないかもしれない。だから、政府は番号一つでいいって言っているんですよ。あなたの代わりに番号でいいですと。「私は何なんだよ」と国に聞くと、「ノイズだ」と言うんでしょうね。

奥本　処方箋もラベルがあれば、実物はいらないし。

養老　そうです。そういう世界を人間は、額に汗して一生懸命つくっているんですよ。

第三章
ファーブルと日本人

ファーブル昆虫記
第4巻に登場する昆虫
カシミヤマカミキリ
Cerambyx cerdo
幼虫はカシ、ナラなど、広葉樹の幹の中に住み、材を食べて育つ。触角の長い大型種。
モンハナバチの一種
Anthidium sp.
綿つむぎ蜂と呼ばれ、植物の綿毛で巣を作る。ファーブルは行動様式の多様性から、一つの属ではないことを見抜く。
キゴシジガバチの一種
Sceliphron sp.
人家や岩陰などに、水を含んだ泥を小さな玉にして何度も運び、巣を作る。部屋の数はいくつもある。クモを狩って蓄え、幼虫の餌とする。
虫の詩人の館 L'Oustal del Félibre di Tavan
特定非営利活動法人 日本アンリ・ファーブル会

「手つかずの自然」って何？

養老　自然を説明するのに、「手つかずの自然」って言う人がよくいるんだけれど、変な言葉だと私は思っています。たぶんアメリカの国立公園なんかも、そういう考え方を取っている。公園内では、たとえばトイレを使えば、排せつ物は持って帰れとなっている。そういうふうな手つかずの自然みたいな考え方はおかしいんですよね。人がまったく入らない自然というのは、人と関係ないだろうって、僕はいつも言うんですね。関係ないものについて考えてもしょうがない。自然って、そういうものじゃない。

奥本　アメリカの自然公園って、たとえばイエローストーンとかは、普通の生き物は捕っちゃいけないんですよね。生き物も採集しちゃいけない。だけど、魚は捕っていいそうですね。魚は捕って焼いて食べてもいいらしい。アメリカ風の偏った自然観というのがあるんでしょうね。

手つかずの自然というのは、不思議な話ですけれど、子供のころの自然、身の回りの自然しか私は知らないんです。私の育ったのが、大阪府の南部、和歌山との県境で、森林が少ない自然としては貧弱なところなんでしょうけれど、それでも虫はほんとうにいましたね。昭和三十年代に、水田でギンヤンマを捕っている思い出が鮮明です。自宅から六キロほど離れたところに、和泉葛城山《いずみかつらぎさん》があり、そこにある自然なんですが、その杉の植林地帯の中に、ぽつぽつと自然の植物が侵入してきて、自然を復元しているような状態でした。

それに比べると、フランスなんかに行ってみて、彼らの言っている自然というのは、やっぱり「飼いならされた自然」でしたね。長いこと過放牧（餌になる植物の割合を超えて家畜が増えること）をして、家の周りに芝生をつくって、きれいに整えた自然、それしかないような気がします。ヨーロッパにほんとうの自然なんてあるんでしょうかねと、心配になってきます。羊やヤギは、本来、平地にいちゃいけない生き物でもあるんですけれど、それが丈夫な前歯で植物をこそげ取って食べるような、そういう世界になっています。それに比べて、牛や馬を飼っている地中海世界は、比較的まだ家畜の過放牧の世界を免れているように思います。

養老　僕は、自然の逆で、人工のほうを「意識の世界」つまり、「世界2」と呼んでいるんですけれど、現代は意識のほうが優先している。個人で言えば、身体と心の関係ですね。

そこで「脳」って言いたいんですけれど、脳って言うと、「それは、身体だろう」という話になる。でも、伝統的な自然観ってありますよね。中国でもそうですけれど、日本だと夏目漱石ぐらいまでは、おそらく最終的には、自然回帰ということを述べていたんでしょう。

奥本　だけど、中国人の言っている自然というのは、どうやら南画の水墨画で描かれているような世界ですね。仙人が住むような俗界を離れた仙境が描かれる。老人が杖をついて山道を登っていく後ろから、児童がロバを引いていくというようなああいう世界。

養老　時代が進んで、その後、急激にそういった「世界1」と「世界3」が「世界2」の、みんなが理解できる言葉の世界に集中して行くんですね。その最終的なものがAIですね。いまは、一人ひとりが、それぞれ心の世界を持っているという「世界3」が、急激に全部誰もが同じ「世界2」になっている。

奥本　それを客観的事実だと思っているわけですよね。

養老　そうです。要するに、シミュレーションなんですね。真っ暗闇の「世界1」をシミュレーションで「世界2」の中につくり上げる。「世界2」の一般的な世界像の中で、「ああすれば、こうなる」「こうすれば、ああなる」ってシミュレーションを繰り返しているんですね。

奥本　だから、虫が減ったとか増えたっていうのも、個体数とか数で表現しようとして一生懸命、四苦八苦しているわけですよね。それで西洋の環境で、環境と農薬との相関関係について、農薬のために減ったとか増えたとか言っている。西洋人の場合は、そこにまた神みたいなものがあって、神がどこかで見ているというのを意識しているわけです。

日本の場合は、どうなんでしょう。昭和三十年代以前ぐらいしか知りませんけれど、感覚的な暑さ、汗だらだらの夏というのが、虫と結びついている感じがする。アジアモンスーン地帯で育った人間の感想かもしれませんが。人間の社会を昆虫の社会になぞらえた『にっぽん昆虫記』（一九六三年・日活）という今村昌平監督の映画がありました。現在の東京に暮らしていると、誘蛾灯に、ものすごい数の虫が群らがっているという、その世界が懐かしくもあります。でも、ほんとうにその世界が実現したら、暑くてかゆくて、あるいは刺されて痛くてしょうがないっていう気持ちも、やっぱりありますね。

日常にある自然が大切

養老　最近よく言うんですけれど、人工知能って騒いでいるけれど、世界に脳は八〇億個もあるものを、なんでわざわざお金をかけてつくんなきゃいけないんだって。

奥本　もともとタダであるのに。

養老　全然、使っていないじゃないかって（笑）。ほんとうに人間を大事にしているようで、全然大事にしていないんですよね。

奥本　でも、頭っていうのは使っているふりをしないと、馬鹿にされる。だから、みんな使っているふりをするのに一生懸命になっているわけでしょうね。

養老　世界中の頭を使うために、もうちょっと頭を使えって言っているんですけどね。

奥本　頭をほんとうに使いだしたら、「世界2」の方向に行きすぎるから、一方で山に行ったりとか、森に行ったりする人もいる。「一人キャンプ」なんていうのが流行っていて、仙人になるための縮小版でしょうかね。さすがに仙人にまではなれないから、一日だけ一人でキャンプをして帰ってくると。それでほっとするんじゃないでしょうかね。

養老　バランスを取っているんだと思いますね。僕は、日常が大事だと思うんですけれど、日常の中で直接、自然に関わることがなくなっちゃった。だから、東京に行くと、もうしみじみ思うんです。虫はいないし、自然はないし、東京は嫌ですね（笑）。

奥本　家に虫がものすごくいた時代は、日常にある自然を気にしなかったんですよね。昔は隙間だらけの家で、アブラムシでもシロアリでも何でもいっぱいいて、便所にはウジ虫までいましたからね。ハエも蚊もたくさんいました。蚊みたいに小さい生き物の世界と、われわれのような大きな生き物とは、一緒にいるけれども、物理的には全然違う世界に住んでいるんだと思いましたね。

蚊にとっての空気って、粘っこい重たいもんでしょう。人間にとっての空気って、軽いもんですからね。人間にとって一秒間に二百回も羽ばたく虫なんて想像できないですけれど、蚊にとっては、人間って何だかわけがわかんないもんでしょうね。風が強いと、蚊はあまり飛べません。でも、いまの蚊は、省力化でエレベーターに乗って上がってくるんですよね（笑）。

最近は、どのマンションも虫を排除するでしょうし、新しいマンションにゴキブリが一匹出ると、マンションの値が下がるんじゃないですかね。これは日本だけじゃなく、中国の都市でも自然を排除する方向ですね。

養老　中国は都市化したのが古いですね。僕は、論語は都市の人の論理だとよく言うんです。孔子は自然に関しては一言も言っていなくて、僕は論語を「儒教的合理主義」と呼んでいるんです。当時の中国人も「雷はどうして鳴るか」とか、「四季はどうして回ってくるのか」とか、そういうことを当然、疑問に思っていたはずなんです。でも、孔子にそういう質問をすると答えない。たとえば、死ぬことについては言わない。「未だ生を知らず、いずくんぞ死を知らん」と逃げるんですよね。

奥本 怪力乱神《かいりきらんしん》を語らず、ですもんね。不確かなことは語らない。

養老 要するに、生老病死は人の自然ですから、人の自然については語らない。だけど人ができることについては、「親が死んだら、三年喪に服せ」とか、そういうことは言うんですね。それは、人間ができることだからです。怪力乱神を語らずっていうのは、それこそ「雷はなんで鳴るんですか」といった話は語らないんですよ。つまり、孔子が相手にしていたのは、当時の都会人だと思うんです。だから、動植物の名前も知らないし、関心も持たない。

奥本 中国人が動植物で関心を持つのは、食べられるものと薬になるものだけですね。

養老 そうですね。僕らが虫捕りに行って、台湾でもそうですけれど、ときどき人が見ていて、「何しているんですか」って訊くから、「虫を捕って、薬にする」って答えると、黙って帰ってくれる。

奥本　そう言うまで追及してやまないですよね。「チョウを捕るんだ」って言ったら、「ハハハ」と笑われますからね。チョウを捕って、何が悪いのかと思いますけどね。向こうも落ち着かないんでしょう。外国からわざわざ来て、全然意味のないことをする人間がいたんじゃゃ（笑）。

養老　中国人の場合は、儒教的な合理主義、都市的な合理性ですね。だから、僕がいま関心を持っているのは、アメリカ型の合理主義が中国社会に入って行ったときに、とにかく大きな社会ですから、その中で適応する人はかなりいるはずですけれど、どこまで持つかなと。一方で、日本人は、よく真似をするって言われますけれど、自分がほんとうは納得していなくても、本音と建前で上手にやることはできるんですね。

奥本　たとえば、漢詩なんかでも、日本人の好きな漢詩って決まっていて、それ以外の漢詩はわかったふりをしますからね。だいたい花鳥風月です。実はフランス文学の中でも、日本人の好きな詩というのは花鳥風月に近いものが多いんです。それ以外のものは、わかっているふりをしているけれど、わかっていないんじゃないかと思うんです。自分がそうだから、そう思うのかな（笑）。

日本にとって、西洋の科学は借り物

養老　僕は、いちおう生物学という基礎科学をやったわけですけれど、最終的には納得しなかったですね。たとえば、全ての物質が一〇〇程度の原子の組み合わせでできているというのを、自分で思いついたことはないですから、ほんとうにそうかなって思う。水の分子を考えると、水の分子は何個あるかわからないけれど、いちおう全部同じだというふうに見なして理屈をつくるんです。だけど、よく考えてみると、同じわけないじゃないか、って思う。そういうことを平気でできるのは、たぶんアルファベットに慣れているからで、英語なら二六文字と、それにピリオドとコンマとスペースが一つあれば、言葉は全部書けちゃうんですね。日本人は、何事も五〇音の仮名で書けるという感覚はないですから。漢字でないと表せないものがあると考えている。しかし、世界が決まった数の要素の組み合わせでできているというのは、アルファベットの世界では非常に素直に考えられるんです。

奥本　一つの都市でも、部分的に取れば、全てが同じレンガだったりするようなことですかね。

養老　解剖図の歴史で議論したことがあるんですけれど、ルネサンスが終わって一六世紀になって、アンドレアス・ヴェサリウスという解剖学者が『ファブリカ（人体の構造）』という解剖学の教科書を書くんです。近代解剖学の創始者ですけれど、そこで初めて人体の骨を一個一個描くんですよ。それまでは、一個一個描かれた骨ってないんです。それ以前の中世に描かれている人体図を見ると、骨はつないで描かれているんです。一個一個の骨を組み合わせると、人体のいわゆる骨格ができるんですね。「スケルトン」という言葉は、ヴェサリウスの本で初めて出てくるんですが、ギリシャ語の形容詞で「乾燥させた、乾かした」という意味なんです。それが人体の骨格という単語に変わっていく。だから、ヴェサリウスは、最初スケルトンという言葉をギリシャ文字で書いている。彼が刑場から死体を盗んできて、自分の研究室で骨をつないで、いまで言ういわゆるスケルトンをつくったんですが、それにあだ名をつけて、スケルトンと呼んでいた。自分がそう呼んでいた標本を、教科書にスケルトンとして入れたんで、彼の教科書の後の版では、それはギリシャ文字ではなく、ラテン語に変わるんですよ。それがスケルトンの語源ですね。要するに、個々の骨をつなぐと全体の骨格ができる、というわけです。

つまり、要素還元主義という、個々の骨がいわば原子になっているわけで、それをきちんと組み合わせると、スケルトンというものが生まれてくる。ヴェサリウスの本自体が、その誕生を描いているわけで、このことをヨーロッパ人は言わないんですよ。われわれ日本人じゃないと気がつかない。だから、個々の骨をつないで描かれたスケルトンは、ヴェサリウスの本では生きているんですね。きちんと要素をつなぐと生きちゃうんです。

奥本 こっちを引っ張ると、あっちが動くとか、そういうことですか。

養老 それで有名な絵がいくつかありますけれど、全身骨格で何かを表現しているんです。悲しんでいるとか、そういう骨格がある。いまだったら、客観性を重んじますから、そういうことを絶対にしないと思うんですけれど。生物は細胞からできている。細胞は分子からできている。分子は原子からできているという、いわゆる要素還元主義ですね。これは、アルファベットの世界の人には非常に受け入れやすいんだと思う。言葉は、全てのことを表現できるんで、全てのものが特定の数のものの組み合わせだけでできる、と考えている。

日本人は、歴史的にヨーロッパ人の神父さんたちが来たときに、好奇心が強いって言われたんです。好奇心というよりも、新しいものを見ると、日本人は反応する。これはどういう意味があるかと、意味を聞くんですよ。漢字と同じです。人はやっぱり世界を読もうとするとき、言葉がベースにあって、その言葉の癖が考え方に大きく影響するんだ、と思うんです。中国人はどう思うんだろうと比べてみたら、面白いはずですけどね。中国人は、近年まで文字の読めない人が多かったので、どういう反応をするのか興味があります。

奥本　だけど、読める人は、言葉や文字のお化けみたいに読める。

養老　そうですね。そういう人がヨーロッパのそういう科学の基礎的な部分をどう考えるかというのは、関心があるんですが、わからないですね。

　僕が大学院生ぐらいのときに、いろいろな学部の大学生や、理科系の人が集まっているところで、自分で原子論を思いついた人はいるかと聞いたけれど、一人もいませんでしたね。僕らにとって、西洋の科学はやっぱり借り物で、教わっているんですよ。

奥本　明治の中ごろまでの日本の物理学者なんかは、東洋人の頭で西洋式物理学ができるかどうか、非常に悩んでいますね。

養老　根本から考え方を変えなきゃいけない。

奥本　中国の文献なんかを徹底的に読んで、「大丈夫、やっぱり東洋人にもできるんだ」と納得してから、一年休学して勉強して改めて物理学をやるわけです。湯川秀樹博士が学んだ世代の先生ぐらいがそうですね。

養老　いまはそんなものを全部ぶっ飛ばして、コンピュータが翻訳してくれると思っていますから。

奥本　若い人で、グーグルの翻訳アプリを使って、英語をスキャンして、それを日本語にする人もいる。英語が頭の中を通り過ぎるだけの人がいますよね。あれは大丈夫なのかな。言葉が素通りしちゃうような気がしますけれど。

養老　現代日本って、そういう素通り文化でできているわけですよ。

奥本　そういう心配はありますね。

養老　それを江戸時代に考えたのが、国学の発展に寄与した本居宣長でしょうね。

ファーブルが階級の壁を乗り越えた理由

奥本　ファーブルは、一八二三年生まれなので、今年、二〇二四年で生誕二〇一年になります。勝海舟や福沢諭吉と同世代ですが、九一歳まで生きたので、一生の間に二世代経験したみたいなものです。あの時代に彼は西洋社会にいたのですから、階級の壁を駆け上がるのが大変だったはずです。独学で階級の壁をよじ登るしかなかった。一生それぱっかりに努力していたところもあります。フランスの学者で、知識階級出身でない人は、歴史家のジュール・ミシュレ（十九世紀フランスの歴史家。「ルネサンス」の造語者）とファーブルぐらいしか思いつかないですね。イギリスでは、電磁気学で有名なマイケル・ファラデーですね。ファラデーも貧しい家庭に生まれたため、小学校も中退して非常に苦労したようですが、例外的な存在だと思います。ファーブルも貧しい階級で苦労したことが、『昆虫記』の中にも書かれています。

ファーブルが生まれたのは、南フランスのルーエルグという地方のサン＝レオンという村なんです。後半生を過ごしたプロヴァンス地方のセリニャン村とは、まったく違いまして、ルーエルグは夏でも雨が降ってくるような、うすら寒いところです。一〇月ぐらいに行って、たとえば、ホテルの外に止めておいた車を見ると、シャーベットみたいに霜が下りていたりします。それぐらい湿気が多くて、山は針葉樹林で、そこで育った人も瞑想的な人が多いですね。偉い宗教家も多い。一方、プロヴァンスは、ご存じの通り明るく、食べ物もおいしい。虫もたくさんいるんですね。だから、ファーブルが一五～一六歳ぐらいで、ルーエルグからプロヴァンスに来たときには、違う虫を見て非常に喜んだみたいですね。たとえば、ヒゲコガネとかスカラベ・サクレとか、ああいうフランスを代表するような虫は、実はルーエルグのほうにはほとんどいないんです。数が少ない。プロヴァンスで明るい色のきれいな活発な虫を発見して、彼はすごく喜んで研究も盛んに行った。当時のプロヴァンスには、虫はものすごくいたんだと思いますね。

ファーブルの時代から現在までわれわれは、ものすごく虫の減っていく状況を体験しているんです。いくつか原因はあると思いますが、主として僕は農薬のせいだと思っています。自分が小学生から中学生のころに、ボルドー液という白い乳液みたいな、農薬が開発されたんです。お百姓さんが背中にそのポンプを担いで撒いていきましたし、桶でその液をすくったのを川で洗うんですけれど、その川の生き物が全部死んで、白くひっくり返って浮いている状態を見ました。

農薬は日常にあって、農薬殺人事件なんてことが起こるほどでした。農薬が使われる以前は、夜になると、誘蛾灯の光に、ヤママユやカブトムシなどの甲虫がウジャウジャ集まっていました。あれはいまの若い人は見たことないんじゃないかと思います。

養老　問題は日常なんですね。奥本さんが言われたように、古い世代は、日常的に自分の生活の中に虫が入っていたんですよね。うちでもそうですよ。天井からハエ取り紙を吊るしていたしね（笑）。

奥本　また言いますけど、昼間はギンヤンマの雄が、必ず水田一枚を占有して、パトロール飛行している風景がありましたし、夕方になると海のほうから山のほうに向かって、ギンヤンマの群れが寝ぐらを探して飛んでくるんです。その数たるや、ものすごいものでした。それを何匹か、夕方の間に捕まえておいて、翌日、棒の先に糸をつけて、それで縛って飛ばすわけですね。そうすると用心深いはずのギンヤンマが、たちまちその中のメスに目が眩んで、手で掴めるほど無防備に取れるんですよ。小学生のときは、朝から晩までそのギンヤンマと遊ぶことしか考えてなかった。そういう虫との遊び方は、いまはもうないんじゃないでしょうか。いまの子供たちはみんな賢くて、カブトムシやクワガタの学名を知っていたり、子供がラテン名を知っていたりしますけれど、実体験が乏しいですね。

養老　その分がスマホに変わったんですね。

奥本　いまのスマホやゲームの世界とは、根本的に違ったんですよ。だって、ゲームは臭いがしませんからね。カブトムシって臭いがしたでしょう。オスとメスで違う臭いがしますからね。それを捕るわけですよ。そのドキドキというか、ワクワク感というのは、それは得難いものでした。

養老　カブトムシは、掴んだら痛いですからね。
奥本　それなんですよ。トゲだらけでちくちくするわけですね。合成樹脂でつくってあるカブトムシは、よくできていますけれど、すぐ飽きますよね。痛くない。感触も違う。そして、思いがけない行動を取らない。ファーブルの場合は、虫との生活と自分の研究が一体になっています。狩りバチの生態の研究なんか、非常に大きな発見だと思いますね。狩

ジガバチ

ツチバチ

ハナムグリの幼虫

ベッコウバチ

りバチが獲物の虫を毒針で麻痺させる。尻尾の先に針があって、それで運動神経を三カ所、ぴしっと刺すわけですよね。獲物はいろいろで、ジガバチならガの幼虫、ツチバチなら土の中にいるコガネムシやハナムグリの幼虫。ベッコウバチならクモ。狩りバチは、捕まえた獲物を地面に掘った巣穴に運びこんで、その体に卵を産みつける。卵からかえった幼虫は、獲物の体液を吸って成長し、獲物が死なないところから順番に食べていく。そして、幼虫は十分に成長すると、蛹《さなぎ》になり、やがて成虫のハチになって外に出てくる。ファーブルは、たとえばハチについてそんな研究をやりました。

実は、フランス人はファーブルの本をちゃんと読んでいなくて、いまでもその業績を正当に評価する人は少ないんですよね。フェルトンなんて、ファーブルの仕事を面白くなく改変した、〝天敵〟みたいな人もいます。だけど、そのファーブルの弟子とも言える人が、日本人には三人います。坂上昭一、岩田久二雄、常木勝次です。この三人の昆虫学者が、ファーブルの精神を受け継ぎ、特に狩りバチの生活を非常に詳しく掘り下げていますね。

養老 ファーブルと日本人は、虫に対する感覚が似ているんじゃないですかね。日本人が好きなヨーロッパの偉人は、ドイツの詩人で劇作家のゲーテですけれど、ゲーテも自然に対する関心が強かった人ですね。解剖の論文まで書いていますから。

奥本 ゲーテはある意味、自然科学者ですよね。

養老 そうです。博物学者と言ってもいいかもしれませんね。

わからないから、面白い

奥本 ファーブルが一〇歳のときに、お父さんがロデーズという町でカフェを開くんです。一旗上げようと思って行くんですけれども、失敗します。お父さんのカフェは何度かつぶれて、一四歳になったファーブルは、家を出て、鉄道坑夫やレモン売りをしたりして働くんです。そのロデーズに、イエズス会系の王立神学校というのがありまして、そこで勉強する。イエズス会系の学校は、非常に厳しく勉強させるんですね。ファーブルはそこで勉強しているもんですから、次にアヴィニョンの師範学校を受けたときに、一番で合格し、ふつうは三年かかる勉強を二年で終えて、一八歳で小学校の先生になります。ファーブルが特にできたというよりは、神学校の教育制度が良かったんですね。

養老　イエズス会系の学校は、世界中でいい教育をするという評価がありますね。だから、僕も初めての外国人に会って、「おまえ、英語をどこで習った？」と聞かれて、「ジェズイット（イエズス会）だ」と答えると、納得して黙ってくれる。僕はイエズス会を教育母体とするミッションスクールを出ていますから。

奥本　何でも叩き込むんですよね。

養老　ガリ勉ですよ。僕が中学校に入ったときに、英語の教科書は、全部英語でした。おそらく、いまだったら何ハラだか知りませんけど、パワハラ扱いされている（笑）。意地悪しているっていう感じです。教育も優しくすりゃいいってもんじゃないんですけれどね。いまは、どうも優しいほうに向かっているんだけれど、どんどん落ちこぼれさせちゃう学校があってもいい。お金で運営している私立はなかなかできませんが、イエズス会系だったから、できたのでしょう。財政的な基盤が学校とは別ですからね。僕が中学に入ったときに一六〇人だった同級生は、卒業したときには一〇〇人でしたからね。

奥本　いまは、落第させちゃいけないとなるでしょうね。

養老　きっと落第すると、教師の責任って言われるんでしょうね。

奥本　本を書くときも、子供向けの本は、子供が一〇〇％理解しないとつくらせてくれないんです。特に絵本なんかはそうですよね。ちょっと難しい言葉を入れておくと、必ず反対されますね。子供にわからない言葉があっても、あとでわかるようになるんだから、いいと思うんだけれど。たとえば、ラ・フォンテーヌの『セミとアリ』を日本語に翻訳して、セミに「はばかりながら、夏中歌っておりました」なんて言わせると、その「はばかりながら」は、通してくれないですよね。でも、意味のわからない気になる言葉があるほうが、むしろ、いい絵本になると僕は思うんですが。

養老　なんでもかんでもわからなきゃいけないと思っているから、『バカの壁』（新潮新書）っていう本を書いたんですけどね（笑）。

奥本　虫だって、こっちから見て、わからないところばかりの生き物ですから、それがまた面白いんですよね。わからないから、わからない虫を許さない。全部わかる虫を書け、みたいなことを言われたって困るわけですよ。「なんで虫が好きなのか」と聞かれても説明できないし、忘れているときにふっと思いついて、「ああ、だから虫が好きなんだな」

と思うけれど、またすぐ忘れますしね。

養老　わからないから、勉強するわけです。そもそも学問って、最後は独学に決まっているんですよ。人の頭を借りても、どうしようもない。だけど、いまは何でもみんなで考えましょうとなる。小学校の道徳の教科書がそうなんです。みんなで考えましょう、なんです。

奥本　誰も責任を取らないでいいからじゃないんですか。

養老　そう。しかし、「考えるのは自分だろう」というのを教えなきゃなんない。自分の脳の使い方もよくわかんないのに、人工知能に任せてしまう。要するに、学問は、前に行ったり戻ったり、寄り道が大事なんです。寄り道は、実は寄り道じゃない。寄り道したほうが、いろいろなことに出会えますから。だから「わからない」が大切なんです。

「いてくれた。君を知っているよ」という喜び

奥本　虫好きは、見たことのないチョウや甲虫に憧れを持っています。その憧れって大事だと思うんです。図鑑で見るのとは違って、実物が動いているところや、飛んでいるのを

見たときは、すごく感激しますからね。アサギマダラなんて飛んでいるところを初めて見たときには、なんてきれいなんだろうなと思いました。

養老 僕は鎌倉に住んでいて、海岸で海の近くですから、図鑑に載っている虫は少ないんですよ。そういう虫に、たとえば長野に行ったときにばったり会うわけです。それは感激しますよね。

奥本 ルーエルグから出てきたファーブルが、プロヴァンスでスカラベを発見したときの感激と同じですよね。「いてくれた。君を知っているよ」という喜び。

養老 ツノコガネなんかは、ほんとうに長野で初めて見た。

奥本 実にかっこいいフン虫ですよね。

養老 いまでも、場所も風景も覚えていますよ。

奥本 なんであんな長い細い角を持っているのか。乗鞍《のりくら》の牧場で見た時は嬉しかった。

養老 まさか長野にこんなものがいると思ってなかったんですよね。たしかに図鑑には出ているんだけれど。当時の図鑑は上から撮っていますから、実物を横から見たら長いのがよくわかるんです。

奥本 ファーブルが過ごした南フランスにも甲虫はいて、たとえば、ミヤマクワガタはい

アサギマダラ

ミヤマクワガタ

るんですが、そのミヤマクワガタを子供が喜んで捕るかといえば捕らないんです。むしろ、クワガタは角があるから、あれが悪魔の角に見えるんですね。だから、不吉な虫だったりするんですよ。クワガタの頭をちぎって財布に入れておくと、宝くじに当たるとか、お金が増えるとか、それから雷に打たれない、狂犬に噛まれないと、そういう悪魔の力を逆用することはあるんですが、あれを英雄的な虫とは思わないんですね。

　日本人の感性とか美意識というのは、かなりの部分、カブトムシという虫に負っているところがあると思うんです。工芸品でも何でも、あの黒光りする漆みたいな色とか、ツヤとか、角の形とか。あの角の形は、ほんとうに世界でも独特の甲虫です。それにあの大きさ。カブトムシがいることが日本人の工芸家、絵描きに大きなヒントを与えています。伊《い》藤《とう》若冲《じゃくちゅう》の描いているカブトムシなんかもそうですけれど、大変強い影響を与えていると思うんです。ほかにも、ギンヤンマの腰の色とかね。オスが青でメスが草色とか、それがエナメルを塗ったみたいにぴかっと光るわけですよ。こんなすごい虫がいるのかと思う。絵描きでも彫刻家でも、自分で思いつくわけじゃなくて、虫と対峙して、虫に教えてもらうことが多いと思うんです。日本の美術家は、カブトムシに負うところが多いと、一人で思っているんですけどね。

養老　図鑑をじっくり読むほど、昔の子供は暇だったんですね。いまの子は忙し過ぎる。手帳を持ってスケジュール管理していますからね。そんなの子供じゃないよ。

奥本　それを言うならば、いまの子供はやることが多過ぎて退屈していませんよね。退屈して一人で考えて、なんで手を切ったら痛いんだろうかとか、馬鹿なことを考えているほうが、根本的にものを考えることになるんじゃないですかね。退屈だから、子供のころから手書きで何かをつくっていた。印刷もガリ版でやっていた。逆に今後そういうことに価値が出るというか、見直されるかもしれませんね。

養老　僕はガリ版で、自分で雑誌をつくっていましたもん。いまも残っていますよ。

奥本　色鉛筆で手彩色の本というのが、いろいろありましたね。僕は小樽の友達と文通したり、標本の交換をしていたんですよ。その友達が立派なきれいな字で、きちんとした文章を書くんですよ。すごくよくできる子だなと思っていたら、お父さんが書いていた。僕は相手のお父さんと文通していたんです（笑）。

養老　僕は絵が下手なんで、それが自慢なんですよ。ここまで下手には描けないだろうって（笑）。解剖をやっていましたから、解剖っていうのは講義するときに、絵が描けないと駄目なんですよね。だから黒板に絵を描いて、学生が笑うときと、笑わないときがある。笑うときは何を描いたかわかるときなんですよ。笑わないときは何を描いているかわからなかったとき（笑）。

奥本　反応できないってことですか。虎を描いても猫になる（笑）。

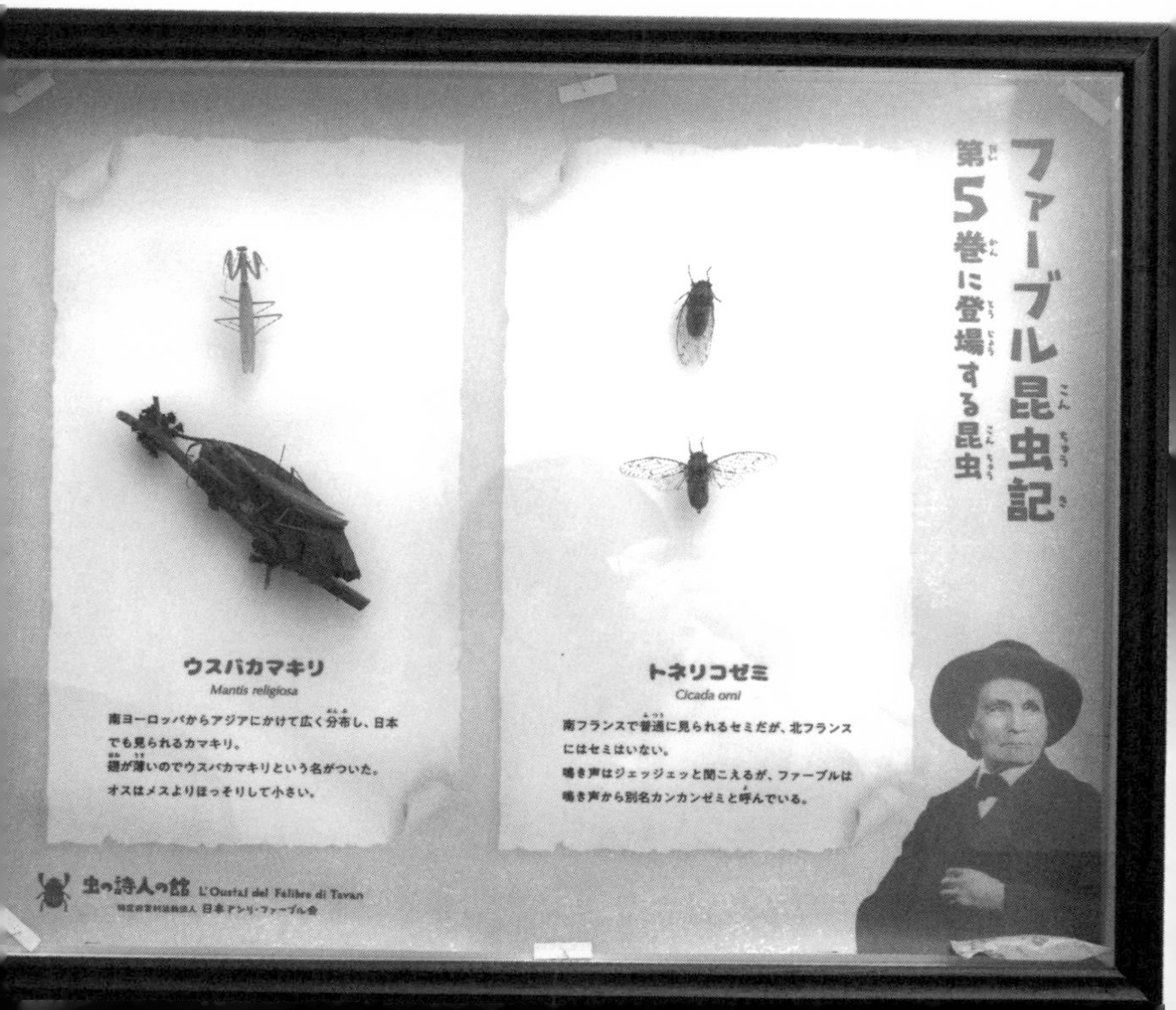

ファーブル昆虫記《こんちゅうき》
第《だい》5巻《かん》に登場《とうじょう》する昆虫《こんちゅう》
ウスバカマキリ
Mantis religiosa
南ヨーロッパからアジアにかけて広く分布《ぶんぷ》し、日本でも見られるカマキリ。
翅《はね》が薄《うす》いのでウスバカマキリという名がついた。
オスはメスよりほっそりして小さい。
トネリコゼミ
Cicada orni
南フランスで普通《ふつう》に見られるセミだが、北フランスにはセミはいない。
鳴き声はジェッジェッと聞こえるが、ファーブルは鳴き声から別名カンカンゼミと呼《よ》んでいる。
虫の詩人の館 L'Oustal del Felibre di Tavan

第四章

ファーブルという生き方

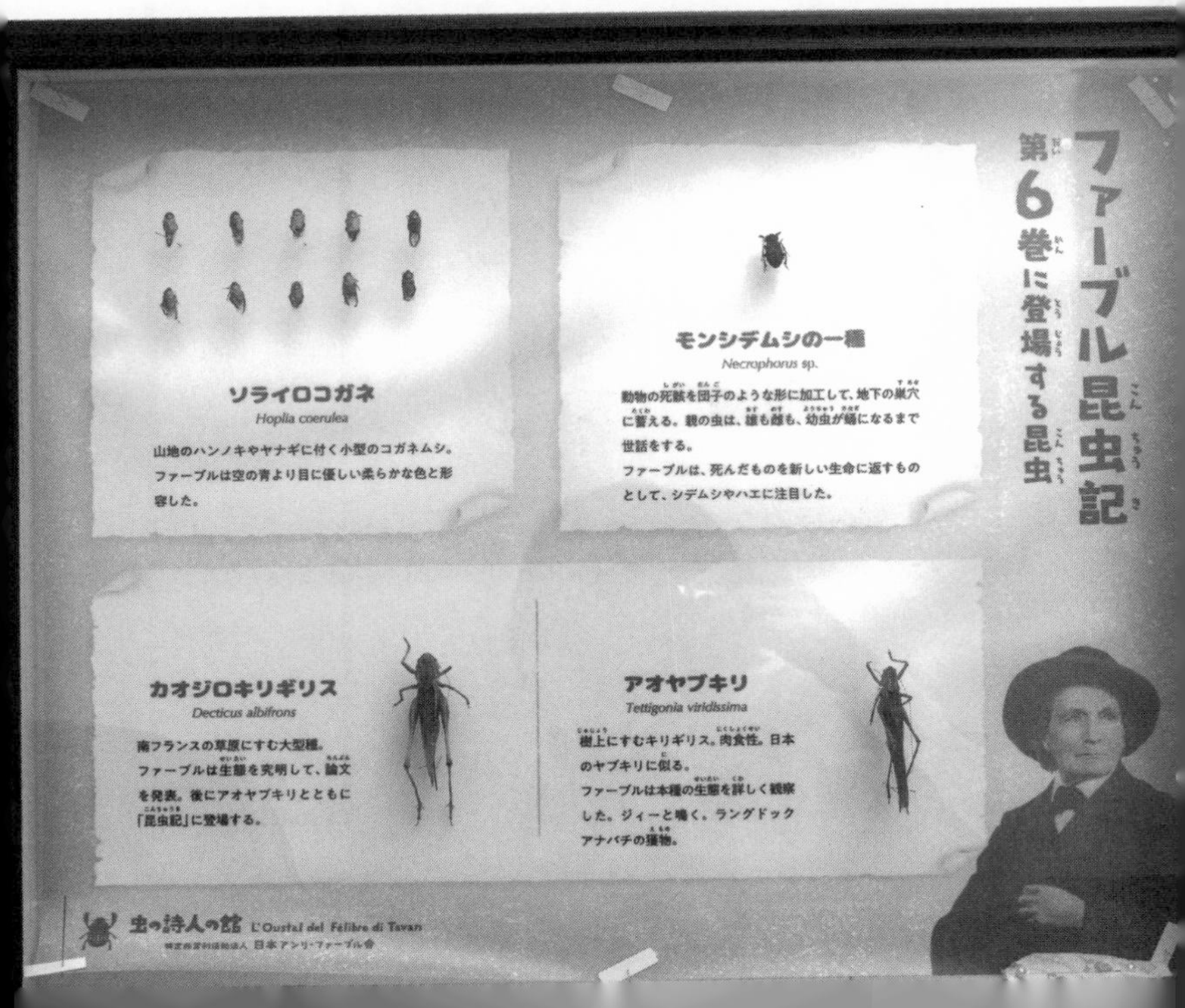

ファーブル昆虫記《こんちゅうき》
第6巻《かん》に登場《とうじょう》する昆虫《こんちゅう》
ソライロコガネ
Hoplia coerulea
山地のハンノキやヤナギに付く小型のコガネムシ。ファーブルは空の青より目に優しい柔らかな色と形容した。
モンシデムシの一種
Necrophorus sp.
動物の死骸《しがい》を団子《だんご》のような形に加工して、地下の巣穴《すあな》に蓄《たくわ》える。親の虫は、雄《おす》も雌《めす》も、幼虫《ようちゅう》が蛹《さなぎ》になるまで世話をする。
ファーブルは、死んだものを新しい生命に返すものとして、シデムシやハエに注目した。
カオジロキリギリス
Decticus albifrons
南フランスの草原にすむ大型種。ファーブルは生態《せいたい》を究明して、論文《ろんぶん》を発表。後にアオヤブキリとともに「昆虫記《こんちゅうき》」に登場する。
アオヤブキリ
Tettigonia viridissima
樹上《じゅじょう》にすむキリギリス。肉食性《にくしょくせい》。日本のヤブキリに似《に》る。
ファーブルは本種の生態《せいたい》を詳《くわ》しく観察した。ジィーと鳴く。ラングドックアナバチの獲物《えもの》。
虫の詩人の館 L'Oustal del Felibre di Tavan

西洋の価値観に毒されている

養老　この間、ブータンに行って、さっき話に出たミヤマクワガタの頭だけ拾ってきましたよ。いま、標本にしてあります。もしかしたらあの箱には悪魔がいるかもしれない（笑）。「頭、拾ったよ」というヤツがいたから、もらって、持って帰って標本にしたんですよ。

奥本　ブータンのミヤマクワガタは貴重ですよね。台湾の高山のものと共通する種だったりしますからね。日本人も甲虫好きですけれど、イタリア人のマニアがクワガタを好きだったり、フランス人でもマニアになると甲虫全般が好きだったりしますね。マニアって特殊な人たちで変人ですから（笑）。ファーブルだって、フランスでは変な人だと思われているんじゃないでしょうかね。みんなが虫好きでないところで、虫が好きな人って変ですからね。日本の場合は、虫好きは一定のパー

『梁塵秘抄』（西郷 信綱著・三浦 佑之解説・講談社学術文庫）

センテージを超えていますから、理解してくれると思うんですよ。でも、これからどんどん虫が少なくなっていって、虫が好きだということの意味が全くわからなくなってくると問題ですよね。

養老　漫画家のヤマザキマリさんは、虫が好きなんですよね。彼女はイタリア在住で、旦那さんもイタリア人。それで虫が好きだって言うと、やっぱり変わり者扱いされているみ

アブラゼミ

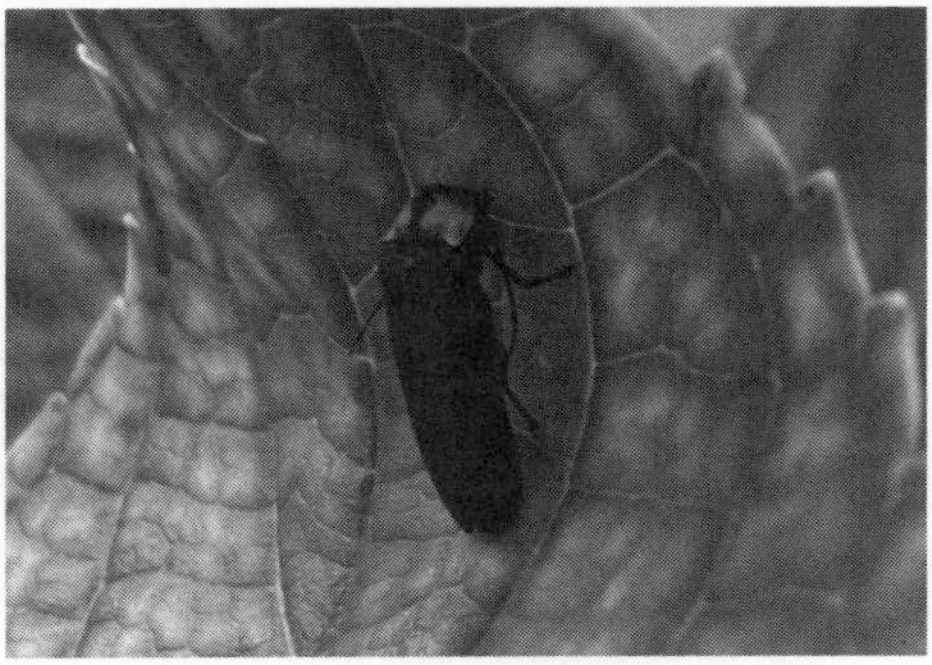

ヘイケボタル

キリギリス

たいですね。虫っていうと、ゴキブリだと思っているらしい（笑）。

奥本　ヨーロッパの人たちは、ゴキブリとカブトムシの区別がつかないんですよ。角がないだけゴキブリのほうがマシって言うんですからね。何をか言わんやですよね。そう考えると、日本人は昆虫に対してはレベルが高いですし、古くから虫に親しんでいます。平安時代の歌謡集『梁塵《りょうじん》秘抄《ひしょう》』には、歌の中に虫がいっぱい出てきます。セミとか、ホタルとか、キリギリスの類《たぐい》ですね。日本は昔からいい虫がたくさんいた国であったことは確かです。

カイコ

ところが、日本も虫が減ってきて、日本人はいまネオニコチノイドが害をなしても気が付かない。虫がいないんだから、実害がないと思っているわけです。農家でお蚕さんを飼わなくなったのも大きいですね。ガの一種ですけれど、幼虫はカイコと呼ばれ、桑の葉を食べて育ち、糸を分泌して繭《まゆ》をつくり、それが絹になります。そういう自然の営みとともに過ごす日本人の暮らしがなくなってしまった。日本の自然が貧弱になったことは、日本

ギフチョウ

アカボシゴマダラ

人も薄々気がついていると思いますけれどね。

私が携わっている「ファーブル昆虫館」にも、ほんの少しだけ周りに植物があるんです。そこに虫の来る植物を植えてあります。クヌギだとか、カラスザンショウだとか、コクサギとか、ギフチョウの来るカンアオイとかですね。それでも、虫はこの十年ほどの間にほんとうに減りました。ひところは、エノキを植えておくと、大陸から渡ってきたアカボシゴマダラなんていうチョウが発生して、それが見られたものですけれど、いまはそれもほとんど見られない。カラスアゲハも見られない。普通のナミアゲハがちょっといるぐらいで、クヌギの樹液が出ていても、カナブンとかカブトムシが来ないですね。ずいぶん貧弱になりましたよ。

それなのに、木を切れという人が増えてきました。「草を刈れ、木を伐れ」って言う。中古車販売の会社が、店の前の街路樹に除草剤をかけたのと似ている。

髪の毛がボサボサの中学生を許さないみたいに、近所の人が木を伐れと言ってきます。それはたぶんアメリカやドイツのように、芝生をきれいに刈って、きちっとしないと我慢できない、周りの人も許さない気質なんだと思いますね。アメリカの映画を見ていると、

カラスアゲハ

ナミアゲハ

カナブン

日本ミツバチ

庭の緑の芝生がきれいに刈り込まれている生活があるじゃないですか。あれで雑草が生えて勝手に花が咲いたら、とても嫌がられると思いますよ。雑草の中で花の蜜があるような世界でないと、ミツバチも花たちも生きていけないんですけどね。いまの西洋の価値観だと、虫が減るのは当り前だと思います。日本も今や、西洋の価値観に毒されたようなところがありますね。

養老　最近新聞を読んでいると、日本のＧＤＰ（国内総生産）がドイツに抜かれて四位に落ちたと報道されていました。全体の経済活動は、ここ三十年ほど上がっていないんですよね。それはなぜかという理由をときどき考えるんですけれど、みんなわかって来たんじゃないですかね。確証はないんですけれど、みんなこれ以上の開発行為が嫌なんじゃないですかね。それが最初に出たのが、公共投資の削減です。この三十年間、経済が停滞しているのは、日本人の「もうこれ以上自然をいじるな」という無意識の意見じゃないですかね。仮に経済成長をしたとすると、その分、石油を輸入して経済活動をやっていくわけですから。そんなヨーロッパ流、アメリカ流の物差しを当てはめても、好ましいことじゃないはずですよね。だから、結果的に停滞したわけですけれど、成長しなかったというのは、非常に大事なことです。なぜこんなことが起こったかといえば、みんな環境問題に無意識のうちに敏感になって、経済活動を停滞させたほうが環境にはいいことだと感じているからなんじゃないかと思います。

ただし、日本ではそれに理屈をつけたり、政策として言葉にしたりして言わないわけです。日本にはヨーロッパのような強い政治基盤を持った緑の党(一九七九年の西ドイツ〈当時〉を皮切りに、欧米を中心に各国で次々と結党された環境保護を主張する政党)ができないんですよね。その代わり、よく文科系の学者が「この国、この社会は、雰囲気や空気で動く」と言うけれど、いまは自然を壊してなんかつくるということに対して、アンチの空気が非常に強くなっていると思います。オリンピックや万博も、一部儲かる人たちは熱心ですけれど、全体にネガティブで高度経済成長のころとは様変わりです。これがヨーロッパだったら、緑の党が出てきて、政策としてなんか提言したりするんでしょうけれど、日本は政治的にはやらないんですね。もうぼちぼち開発競争や自然破壊はやめとこうという、何か暗黙の合意で動く。メディアは無意識の意見とは考えないし、書けないから必ず別の物差しを持ってくる。だいたい、人口わずか一億二〇〇〇万人の日本で、なんで経済活動の規模が世界四位になるのかって。それ自体がおかしいんですよ。

現代人は意識外の世界を認めない

奥本　そういう意味では、ファーブルは西洋的ではないのかもしれません。自然のありのままの姿から学んで、それを文学的な表現で紹介したわけです。南仏文芸復興運動の一環として、ノーベル文学賞に推挙されるほどでした。フレデリック・ミストラルという人が、叙事詩を書いて代表作『ミレイオ』で一九〇四年にノーベル文学賞を取った。そこで、もう一人、取らせようという運動があり、同じフェリブリージュという南仏文芸復興運動のメンバーの一人であったファーブルにもお鉢が回ってきたみたいなところがあります。ファーブルの場合、ノーベル文学賞は取れなかったわけですが。それはその当時、学問というのは文科系のものが多かった。哲学とか、ラテン文学とか、そっちのほうですね。オックスフォード大学なんかでも、学者はギリシャ語、ラテン語のよくできる人ですね。自然科学はまだそれほど評価されていなかったんじゃないでしょうか。化学、生物学、博物学も、まだあけぼのの時代かもしれません。

ファーブルは幅広い才能があったし、自然に対する知的好奇心が非常に広かったんだと思います。だから、手当たり次第に何でも知りたかったということです。たとえば、空気の組成はなんであるかとか、窒素とかアルゴンとか、そういうものでできているということを知って興奮したんでしょう。知る手掛かりを得ること自体が大変難しい時代ですから、本の中に発見してとても喜んだんじゃないでしょうか。誰も教えてくれませんから、自分で学ぶしかない。いまのように、いくらでも教えてくれる時代ではないんです。だから、学ぶことの楽しさを本で紹介したかったんだと思います。たとえば、ファーブルは啓蒙科学書をずいぶん書いたんですが、『薪《まき》の物語』という植物の本があります。たきぎから始めて、植物について詳しく書いていくわけです。植物学の根源から始めると、あまり面白くないんですけれど、誰にでもわかるように燃える木から始めて、日常の世界から語り起こしたわけです。

養老　要するに、ファーブルは「世界1」に意識が入っちゃっていますから、うまく説明できる。意識というのはほんとうに不思議で、その中に入っていないものはないと見なすんですよ。だから、日常の中に虫がいないと、結局そういうものはないってことになる。ないんだから、殺虫剤で消しちゃっていいということです。不愉快だから、消すわけです。たとえば、ゴキブリが典型ですけれど、そんなものは建物の設計に入っていないわけです。新しい高層マンションにゴキブリが出たら、こんなものは設計に入っていない。つまり、いまの人は意識外の世界は認めないんですよ。

子供も、だんだんそうなっていくんじゃないですか。親の影響が大きいですよね。僕はずっと保育園の理事長をやっていましたけれど、お母さんたちは虫がいたら駄目だって言う。連れて歩くと、いまの子供はほとんどダンゴムシばかり見ています。それしかいないんだもん（笑）。

奥本　いまの子供はいろいろなものに関してリッチですけれど、虫に関しては貧乏なんですよ。虫貧乏というか、貧しくなっていますよ。

養老　意識の中にいろいろなものを入れると言っても、虫については教えても駄目なんで、日常が大事なんですよね。無理にやっても駄目だから、普段の生活で自然や虫と関わるしかないわけです。

奥本　「ファーブル昆虫館」には、プラスチックでつくったいろいろな模型をいっぱい並

丸まったダンゴムシ

べてあります。そうすると、ダンゴムシに人気があるんですよね。大きいダンゴムシですけれど、それを子供が抱えて離さないですね。それから、うちの昆虫館は、どんどん触っていいと言っているんですよ。普通の博物館は手を触れてはいけない、触ってはいけないことばかりですから、触っていい博物館はここだけです。ヘラクレスのおなかの部分とか、角だとか、足の切れ端とか、そういうのを転がしておくと、子供はずっといじっていますよね。それだけ、そういうものに飢えているんじゃないかと思います。

養老　東京へ行ったらよくわかるのは、建物が触るなっていう建物ばかりですからね。コンクリートの打ちっ放しなんて典型ですよ。手すりでもそうで、金属にしちゃうでしょう。だから、陽が当たると夏場は熱くてやけどしそうになるし、冬場は手が凍りつく。触ることができない。僕らが遊んでいたのは木造のお寺ですから、その周りを走り回っていた。もちろん、ときには怒られましたけどね。触るということに対して、現在のアメリカ型の文明は、もうほとんど禁止していますね。

奥本　そうですね。自然公園がそうです。

養老　現代社会で触覚は、いちばん使われていない感覚じゃないですかね。脳の中ではけっこう大きいんですけどね。

奥本　現代は、触覚を使わなくても生きていける。

養老　文字や言葉が使えるのは目でしょう、耳でしょう、それから触覚（点字）なんですよ。味と匂いは言葉をつくれないんだよね。それなのに、相対的には目と耳に対して、触覚は非常になおざりにされているんですよ。

奥本　ファーブルは、オオクジャクヤママユの実験でずいぶん迷っています。オスのガとメスのガの見た目の違いで、いちばんはっきりしているのは触角なんです。オスは大きな触角で、メスが発散する匂いのようなものを嗅ぎつけるようなんです。人間にはまったく感じることができないけれど、オスのガは遠くにいてもわかる。メスはオスを呼びよせるある種のニオイを出し、オスが触角で雌のその匂いをキャッチしているのでは、とファーブルは推測して、さまざまな実験をしながら、最後の最後まで迷っていますね。物理的に匂いの発散物が、空気中を流れてくるのを理解するのは難しいことなんですね。一方向にすーっと単純な流れになるんじゃなくて、あっち行ったり、こっち行ったりするらしいんで、それを見極めるのに非常に苦労したようです。

養老　子供は生まれたときは、目が見えませんから、お母さんを触って感じるわけです。触覚って、進化的には原始的な感覚なんですよね。だから、訓練すると点字で字が読めるわけです。普通の人は、マージャンの盲パイぐらいだけれど。ほんとうは、触覚には非常に広い世界があるはずなんです。

奥本　フェロモンって、人間にはわからないんじゃないですか。

養老　わからないですね。意識には上らないでしょう。

奥本　想像できないですもんね。

養老　生物の鼻には、「ヤコブソン器官」という嗅覚器官があって、これで感じると言われているんですけど、われわれのころは胎児にはあるけれど、成人になると退化すると言われていた。僕は解剖してみましたけれど、子供にもありますね。それから、よく言われるんだけれど、軍隊とか女学校などの女性だけの寮では、月経の周期が揃うといったことは古くから知られています。これはフェロモンの影響だろうって言われています。

匂いの研究はファーブルの時代から進んでいません。フェロモンと言われても、いったいどうやって感じて、どうやって来るんだろうなと。匂いを感知して寄ってくるというのは、ものすごく変でしょう。普通、物理的に計算すると、四方八方に散るわけですから、一〇メートル離れたら、どこが匂いの元かわからないはずなんです。だから、匂いの空気中での拡散の仕方なんていうのは、そう簡単に解ける問題じゃない。

奥本　それこそ量子コンピュータかなんかで、計算しないとわからないのかもしれない。でも、匂いは大事ですよね。フェロモンだけじゃなくて、物が腐ったときも、悪いガスも、火事もわかるし、危険な臭いは察知しますもんね。アニメのサザエさんのお母さん、おフネさんは、食べ物の臭いを嗅いで古い新しいを判断しますね。昔は賞味期限を、全部鼻で嗅ぎ分けたわけですからね。いまは日付、もしくは腹が下ってから判断する。そういう意味では、人間は退化しているのかもしれませんね。

養老　生物は使わない機能はどんどん省略していきますからね。

奥本　この前、市販のお弁当のご飯が腐って食中毒者が出たときに、嗅覚や味覚でわからなかったのかと思いました。みんな退化しているんじゃないですか。

勉強はわからないからやるもの

養老　僕は昔から世の中が苦手というか、人と付き合うより虫と付き合っているほうが性に合うんです。虫を調べていると、結局いろいろなことを勉強することになったんですけれど、勉強したつもりはないんです。結局、よくわからないことが気になるんですよね。それが嫌なんですよ。だから、何とかわかるようにしようと思って、言ってみればそれで勉強するわけですね。

奥本　わかったら、うれしいですよね。

養老　そうなんです。でも、どうせわからないんですけれどね。

奥本　そうですよ。仮説までしか、しょうがないでしょうね。とことんまでわかったつもりでも、それも仮説の域を出ないでしょう。

養老　わかるとか、わからないのって、一つは自分の頭の中が散らかっているから、なんとか整理しようというのがありますね。

奥本　わかっていると思っていても、勘違いはいっぱいあるわけです。たとえば、アリストテレスは、『動物誌』の中でキャベツに置いた露の玉がモンシロチョウの卵になるなんて非科学的なことを言っています。キャベツの露をチョウの卵と見間違ったんでしょうね。だけど、アリストテレスがそう言うと、真実になっちゃう。

養老　そういうことは、たくさんあるでしょうね。

奥本　当時は、アリストテレスが間違うはずがないとされていて、「君が間違っているんだ」と、だいたいは叱られたわけですからね。ギリシャ、ラテンの学問の中には、そのぐらいの間違いはずいぶんあるんじゃないでしょうか。解剖学はどうですか。

養老　間違いというか、わかってやっていたんだと思うのが、だんだんほんとうになっちゃうんですね。初めのうちは、「これ、ウソだよ」というのは、みんな知っているんですけどね。

奥本　それを勉強して覚えて、試験に書く。

養老　そうですね。いつの間にか、それがほんとうになっちゃう。肝臓の絵なんかは、鶏とか、豚とか、人間以外の動物は、いくつにも分かれていて、肝葉と言います。葉っぱの葉という字を書く。人間は基本的に右葉と左葉しかなくて、ほとんどの動物の肝臓とかなり違っているんですよね。でも当時の医学書を見ると、肝臓の絵は全部動物と同じように肝葉を描いている。だから、同じように書かないと、逆に教える先生のほうも、教わる生徒のほうも肝臓だと思わなかった。

奥本　中国では、誰か偉い先生が書いた文章があったら、それをそのまま写すのが学問ということになっていた。そこを改変するのはとんでもないことだ、という考え方がありました。だから、歴史の本を読んでいると、同じことが書いてあって、しかもそれが間違っているけれど、その時代ではそれが覚えるべきことだったわけですからね。東洋文庫なんかに行って、本を見せてもらうと、びっくりします。こんな内容のものを、どうしてありがたがって写したのかなと思う。

いま、「昆虫学事始」をテーマに、少しノンフィクションみたいに書いているんですが、日本における昆虫学の初めは、ドイツあたりの教科書の丸写しですね。ただ非常に苦労したのは、和名をつけるところですね。学名はそのままでかまわないんですけれど、和名をつけるのが難しく、昆虫学者の松村松年は力を発揮したみたいですね。彼がつけた和名に対していろいろな意見や怒りの投書が殺到したらしいです。松村が初めは苦労したと書いています。それが、明治の中ごろですから、それまでに『解体新書』のような医学の本は、オランダ語から翻訳されていた。解剖学と比べると昆虫学の場合は、すごく遅れていますね。実用の役に立つとか、立たないとか、そういうことも大きかったんじゃないかと思います。

養老　解剖学の命名も、ずいぶん苦労しています。

奥本　難しい漢字を使いますよね。

養老　ないときはしょうがないから、国字をつくりますね。膵臓《すいぞう》の「膵」は国字ですね。膵臓は五臓六腑にないんですよ。脳も転用ですね。脳髄というのは、和歌の本質や奥義について説いた「髄脳」から転用されています。軟骨は中国語からの転用ですけど、もともとの中国語には物質としての軟骨の意味はないんです。ふぬけたやつといった人間を表現する言葉なんです。それを杉田玄白が、骨の先についている柔らかい骨に当てたんですね。ぴったりじゃないですか。そういうのは素直に通って、中国に逆輸入されているんじゃないですか。その典型は神経ですね。神経は「神気の経脈」の意から、杉田玄白が『解体新書』の中で、オランダ語に当てた字ですね。

奥本　神という字がよく使われますよね。

養老　「神気」は精神とか、心ですね。「経脈」は東洋医学の経絡で、気や血の通り道。「精神の経路」という意味ですね。

奥本　だから、中国の人もすぐわかったでしょう。

養老　上手な造語、訳語ですね。

奥本　当時の人は漢文がよくできたから。

養老　当時は、精髄《せいずい》（物事の本質をなす最も重要な部分）みたいなことを神気って言っていて、ごく普通に意識に関して使われた言葉ですね。

ファーブルが長寿だった理由

奥本　ファーブルは生涯たくさんの本を書いたんですが、その甲斐あって五五歳のときにセリニャンという村のそばに今の日本人からしたら、広い千坪ほどの土地を買うんです。農業には向かない荒地だったので、安かったようです。ファーブルはここを「アルマス（荒れ地）」と名付け、研究所にしたんです。文字通りの荒地で、ハチをはじめ、昆虫はいっぱいいた。そこで、残りの人生の三十年をかけて、昆虫の本能と習性の研究、観察を続け、苦労の末に全部で一〇巻の『昆虫記』を書き上げます。最後の一〇巻が出たとき、八三歳になっていました。最初、この本はさし絵もなく、評判になりませんでしたが、生物学者というより芸術家たちがこの本を評価し、広めてくれたおかげで次第に価値が認められていくんです。

長生きだったファーブルは、普通の人の二倍生きました。六二歳のときに妻マリーに先立たれ、その二年後に二三歳のジョゼフィーヌ・ドーテルと再婚しています。ファーブルの時代も年寄りが若い娘と結婚するというのは、けっこう評判が悪かった。金の力にあかせてっていうような感じだったんですね。それで村の若者たちが若い娘を取られたというんで、太鼓とか鍋をガンガン打ち鳴らして、窓の下で嫌がらせをしたというエピソードがありますね。「シャリヴァリ」と言うんですが、ヨーロッパで若者たちが制裁儀礼としてやったみたいです。ファーブルは啓蒙書を書いて稼いだわけで、ある程度お金が貯まって、アルマスの土地が買えていますからね。

アルマスの庭には、周りからたくさんの虫がやってきますし、この虫の中で研究し、生活していたんです。九一歳で亡くなるまでずっと、虫の生態と本能という大きな謎を解明しつづけたんです。ファーブルは贈り物の顕微鏡も持っていましたが、あまり使わなかったようです。視力を補う道具は虫めがねでした。自分の目で見たことだけを頼りに実験を繰り返し、的確な文章で記録したんです。

ファーブルは当時としては、驚異的な長寿だったわけですが、それはたぶん遺伝的な要因だと思います。彼のお父さんは、もう一つ歳上の九二歳まで生きていましたからね。それと代々、粗食だったんでしょう。余計なものは食べないし、食物に防腐剤も入っていませんからね。調味料はせいぜい塩と胡椒でしょう。それは現代の健康法かもしれないですね。キャベツとジャガイモと豚肉と、それから乳製品。ごくたまにぜいたくをしてチーズを食べるくらいじゃないでしょうか。

養老　若いときに粗食だと、長生きするという動物実験はありますね。

奥本　ネズミを使った実験で、腹いっぱい食わせないと長生きするという結果でしたね。われわれは駄目だな。

養老　植物は、もう典型ですね。オリーブオイルを輸入販売している人が言っていましたが、オリーブ畑は古いのもあるし、新しいのもある。新しい畑はだいたい百年経つと、木が枯れると言うんですね。ところが、古いオリーブ畑だと四百年保つ。「どうして最近のオリーブ畑のオリーブは百年くらいで枯れるけれど、古い畑は枯れないで、寿命が長いのか」と訊いたところ、理由は簡単で、いまは若いときに、つまり若木に肥料をやるからだそうなんです。

奥本　若いときに贅沢すると将来が短い（笑）。

養老　若木に肥料をやると、根が伸びないって。根を張らないっていうんですね。

奥本　楽に食事が手に入ると根を張らないって、なんか身につまされますね。

養老　僕ら食料難の時代の育ちですから、けっこう頑張っていられるんだと。

奥本　たかだか五年や六年の食糧難で、ずいぶん助かっている面もあるんですね。でも、脱脂粉乳がありましたから。

養老　なくてもよかったんだ、死ななきゃ。

奥本　食事は死なない程度でいいんですね。

養老　バランスよく栄養を取りましょうと言いますが、岩村暢子さんという方が戦後の生活史や食卓を定点観測して本にまとめているんです。それによると、主婦は、人が集まったところでは「食事はこうしなきゃいけない」と言うんですが、普通の人の家の食卓はどうなっているかを調べたんですよ。三十年前、最初に四十歳代の主婦を中心に調べたとき、食卓の写真だけを一週間撮らせてもらうんです。出している結論が日本の主婦の五〇％は、言っていることとやっていることが一八〇度違った。

奥本　『普通の家族がいちばん怖い　徹底調査！　破滅する日本の食卓』（新潮社）ですね。だけど、あんなことをすると生きる気力をそいじゃうんじゃないですか。あまりまずいものばかり食わしていると、いつでも死ねると。

養老　十分に飢えさせれば、まずいと言わなくなりますよ。うまいとかまずいとか言っているのは、まだ食事が足りている証拠です（笑）。

奥本　それでも許せないものはありますよ。やっぱり脱脂粉乳。（笑）。

ファーブルの人生から学ぶことは、後ろめたくない生活をせよっていうことでしょうね。力いっぱい生きてきたという満足感みたいなのを、ファーブルは確信していたんじゃないでしょうか。

ファーブルは虫がたくさんいて、思うぞんぶん研究ができたアルマスの庭のことを「野外の博物館」と呼んでいます。小さいころから、昆虫だけでなく、鳥や貝殻、キノコ、植物、岩石、化石と、ありとあらゆるものに関心を持って研究したんです。地球の成り立ちやその歴史についても考えていましたし、生命の循環についても注意を払っていました。こうした博物学は、専門分化して、いまは死滅しかけていますが、物事のつながりを見て、全体的に考える学問はいまも必要だと思いますね。ファーブルは虫のことを考えながら、人間についても考えていました。オオヒョウタンゴミムシがなぜ死んだふりをするのかを研究しながら、「死」という、人間にとってまぬがれようのない問題についても考えていました。『昆虫記』はたくさんの知識を得て、物知りになる本とは違って、自然という世界を観察することから、ものごとを考えるきっかけを与えてくれる本なんです。『昆虫記』の最後のほうで言っているんですが、一つの謎について考えていると、それによって、また新しい謎が生まれてくる。学問の世界や研究は無限なんだと。

養老　虫だけ見ていても九一歳まで生きられるよ、ということでしょう。

奥本　しかし、それは憎まれますよ。そうやって幸せな生活をしていると、妬まれる。

養老　他山の石じゃないけれど、参考例で見てりゃいいんじゃないですか。ああやっていても、元気に生きてられるよって。

奥本　でも、最後に苦しむのはコレクションをどうするかっていう悩みですよ。断捨離するまでの間の苦しみというか、仏教的なたたりがあるんじゃないですか。あんまり集め過ぎて満足すると。

養老　いや、僕はそれに一家言ありますね。「順送りだから、知らねえ」って言うんですよ。生き残ったほうが考えりゃいいって。

奥本　いや、そうなると、家族がろくなことになりませんからね。虫屋も虫屋同士、仲良く付き合う必要がありますね。養老先生の標本なら引き取ろうっていう人が、いっぱい現れますよ。

第五章

日本人は最終的に自然に回帰する

ファーブル昆虫記《こんちゅうき》
第《だい》7巻《かん》に登場《とうじょう》する昆虫《こんちゅう》
オオクジャクヤママユ
Saturnia pyri
ヨーロッパ最大のガ。幼虫《ようちゅう》はアンズ、ニレ、トネリコなどの葉を食べる。名はクジャクの羽根を思わせる目玉模様《めだまもよう》から付けられた。ファーブルは、雌に引き付けられる雄の行動を研究して、フェロモンの存在を予言した。
♂
♀
チャオビカレハ
Lasiocampa quercus
雌はあまり飛ばないが、雄は昼間活発に飛び回って雌をさがす。色が濃いのが雄。幼虫《ようちゅう》はコナラなどの葉を食べる。
ヒメクジャクヤママユ
Saturnia pavonia
フランス全土に見られる美しいガ。幼虫《ようちゅう》はアンズ、シデなどの葉を食べる。成虫は春見られる。
虫の詩人の館 L'Oustal del Felibre di Tavan
特定非営利活動法人 日本アンリ・ファーブル会

乾燥した南仏、湿気の多い日本

奥本　ファーブルの『昆虫記』は日本では好意的に受け入れられましたが、南仏と日本の気候の違い、自然環境の違いは知っておいたほうがいいと思います。緯度を見てどちらも似たようなところだと思うかもしれませんが、驚くほど異なった世界、まさに何もかも正反対のアンチ・ポードです。南仏は地中海性気候ですが、北アフリカの続きとも言えるぐらい、ほんとうに乾燥しています。初夏にアフリカから地中海を越えて吹く暑い風を「シロッコ」と言うんですが、それが南仏まで飛んでくる。

日本は、非常にウェット（湿潤）なアジアモンスーン地帯です。そのため、生息する昆虫の顔ぶれがまったく違いますね。われわれが自然と言うときに思い浮かべるのが、たとえば水田だったりします。それはもちろん手の加わった自然なんですけれど、田んぼのそばを歩いていると、その足音を聞いて、水田の中で煙幕を張ってドジョウが逃げるんですよ。タニシがいたり、秋になって稲が実ってくるとイナゴがいたりする。それらは、みん

オオタニシ

イナゴ

な食べられる物ばかりで、水田になる主な物はお米であり、それがつまり、ご飯です。地域によっては、イナゴもそのおかずみたいなもので、佃煮になります。

ヨーロッパの自然には、ヒツジとかヤギが食べる物はあっても、人間が食べる物はあまりないんじゃないかな、と思いますね。食用となる果実のベリーやキイチゴの類とか、キノコとか、ああいう物が森にちょっとあるぐらいです。それからナッツ類で、ヘーゼルナッツのような物、チョコレートに包んで食べるような物、カリッと歯触りを楽しむような物はありますね。ヨーロッパは、ほかにシカとかウサギとか鳥、ウズラの類もいますね。コウライキジは、狩猟の獲物としてアジアから輸入したものです。肉は主にヒツジとかヤギとかではないですか。地中海世界の中で、人間を支えたのは、本当はウシの文明だったのかもしれません。聖書には、ヤギュウが出てきますが、このヤギュウを、一角獣と誤訳しているわけですよね。森にボス・プリミゲニウスという大きなウシがいて、それが世界の飼いウシの元になっている。そのウシの肉を食べている、あるいはウシの肉と乳製品を食べている世界が——つまりウシの文明が、ヨーロッパや地中海世界にあった。「ウシを何頭持っているか」が、資産家の条件。それがすなわちｃａｐｉｔａｌｉｓｍ（資本主義・ｃａｐが牛の頭の意味）、ということわかりやすい。しかし、ウシを飼って食べていたのは、平原の世界で、ヒツジとかヤギは本来もっと険しい土地のものでした。それを平原に持ってきたので、平原ではさらに食生活が豊かになったけれど、土地が荒れた。それがもっと北に行くと、ほんとうに食べ物がない世界じゃないかと思うんですね。フランスは自然の厳しさという点では、日本とは問題にならないんじゃないでしょうか。日本と比べると、ほんとうに厳しい自然だと思いますね。日本では、たとえば隠者とか、山に逃げ込むというのがありますが、ヨーロッパの山に逃げ込んでも飢え死に、凍え死にするだけだと思います。オオカミがいますし、厳しいですね。

繰り返しですが日本では、子供のときから、ギンヤンマ、カブトムシ、クワガタみたいな昆虫がいっぱいいて、子供は虫を捕り、その捕る方法に工夫を凝らす。あるいは、フナやウナギ、ドジョウを捕るとか、ほのぼのとした世界が日本にはある。高野辰之作詞の「故郷《ふるさと》」という歌では、「ウサギ追いし彼の山、コブナ釣りし彼の川」と唄われていますが、こうした小学唱歌の世界は、ヨーロッパとは違いますね。あっちはもっと厳しい。日本のような自然と触れ合い、人間が優しく包まれて暮らすような自然は、世界的には、なかなかないんじゃないかと思います。

養老　私が住む鎌倉には、小高い山に囲まれた小さな谷を「谷津《やつ》」と呼ぶところが多いんです。私は扇《おうぎ》ヶ谷《がやつ》という地名に住んでいるんですけれど、谷が扇状になっているから付いた地名でしょうね。

ヨーロッパの自然で思い出すのは、僕が高校生のころに世界史で習った教科書で、ヨーロッパにおける森林の後退という地図が出ていた。いま、われわれがヨーロッパに行って平原を見ると、あれは平原じゃなくて、森の木を切った跡なんですね。それで非常にはっきりしているのは、人が住むところは都会ですね。古くから都市をつくっていた。中世には、都市は周辺を囲ってその中に人が住むわけです。いまでも、城郭都市は残っていますけれど、ドイツのローテンブルクなんか有名ですね。

奥本　城郭都市の外へ出たら、ほんとうに荒野みたいな世界ですね。暗くなって時間が来たら、城壁の門を閉めてしまって、もう入れないわけです。中国でもそれに近いような城郭都市はありますね。

養老　大陸はいずこも同じですね。インドでも中国でも、中近東でも、もともとそうですけれど、いわゆる古い文明の土地は、みんな最初に都市化していって、そして城郭で自然と区切るんです。中世のヨーロッパの場合は典型ですね。

奥本　ルソーの『告白』では、夜、街まで帰ってきて入ろうとしたら、もう戸が閉まっていて入れない。それで、もういいやっていうんで、放浪者となって外に出ちゃうような場面があった。つまり、人間の住んでいる区域と、そうでない外とではえらい違いがあるように思います。ヨーロッパの場合は、それでも森に住んでいる人がいて、それは魔物と思われていますね。

養老　『赤ずきん』のオオカミとか、『ヘンゼルとグレーテル』の魔女ですね。森に住む人は、魔女なんですよ。

奥本　魔女だけど、薬草のつくり方なんかを知っているので、賢い女「サージュファム（ｓａｇｅ ｆｅｍｍｅ）」なんて言われた。一つ間違うと、魔女狩りに遭うわけですけれど、恐れられてもいたんでしょう。

養老　要するに、彼らは人間扱いじゃなかったんです。自然状態の中で暮らしている人たちです。自然の力を利用して生きることが、当時の被差別民の特徴ですね。だから、都会の中では、被差別民は人体を直接扱う人たちのことでもある。床屋とか産婆ですね。解剖の歴史を見るとよくわかるんですけれど、解剖をする人は日本と同じで被差別民ですね。それは、人体というより自然を扱うからです。ご存知のように、床屋から外科ができるんですが、フィジシャン（ｐｈｙｓｉｃｉａｎ）――いわゆる内科医と、外科医は身分上、大きな差別、区別があった。特にフランスの場合だと、外科医の地位が向上したのは、外科医がルイ十四世の痔の手術をしてそれが成功したからで、それ以降、外科医の地位が上がったと言います。イギリスでは、ドクターというのは内科医のことで、正式な外科医の称号はミスターですね。

奥本　ヨーロッパのお医者さんは、血を流す人と血を流さない人に分かれるんですかね。

養老　直接、人体に触れるというのは、自然を相手にするということですから。

奥本　治療法として、瀉血《しゃけつ》ばかりですよね。治療の目的で、患者から一定の血液を取り除くんでしょうけれど、高血圧などに対してやっていたんでしょうね。

養老　そうですね。そのあたりは、日本に似たところがあります。人体解剖の歴史を見ていると、被差別民の歴史と非常によく重なってくるんですね。日本でも、江戸時代は典型的に都市化していますから、そのあたりから似てきたのでしょう。

奥本　西洋の場合、死体の扱い方、肉の扱い方は非常にストレートですね。古代ギリシャのホメロスの長編叙事詩『イーリアス』でも、戦士であるヘクトールとアキレウスが戦った後、勝ったほうが、死体の足のアキレス腱に穴を開けて、皮紐を通して戦車に結わえ付ける。そして、城壁の周りを三度回りますよね。あのとき日本人だったら、足首をくくるぐらいのことしかしないで、それがたいてい緩んで、ほどけてしまうと思うんです。でも、ヨーロッパでは、アキレス腱に穴を開けて通すというのには驚きますね。家畜の扱いで慣れている。日本人には、あんなことできませんよ。

ヨーロッパの人は、血のソーセージなんかも上手に無駄なく使いますよね。あれなんて感心します。コショウを入れたりして、血のソーセージをつくるわけです。普通の日本人は、あんなことも思いつかないで、捨てているでしょうね。

弥生人は食により縄文人を差別していた

養老　四つ足の動物を食わないというのは、日本人の特徴です。その習慣の変化は、僕は縄文時代から弥生時代の移り変わりから始まったんじゃないかという気がするんです。縄文の人たちは、狩猟採集民ですからシカやイノシシを食べていたと思うんですけれど、弥生時代になって農耕民族になり、四つ足を食べる縄文人と区別するため、差別するために、まず食を分けるのはごく普通にあることですね。

　弥生の人たちが都市をつくる、街をつくると、そこに縄文系の人たちが入れてもらおうとしたときに、非常に大きな違いは食だったと思うんですね。縄文人って、食材が何千とあったから何でも食べていたんでしょう。

奥本　食べないと生きていけないでしょうしね。

養老　それで、「あいつらと俺たちは違う」ということを、日常生活の中ではっきりと示しているのが、四つ足は食わない文化につながったんじゃないかという気がするんです。

たいていの文明で死刑場の従業員は、被差別民ですから差別、区別された。同じように、縄文から弥生への移り変わりも食文化の違いにあったのではないでしょうか。生活が狩猟採集から農耕へ、大きく変わったんだと思うんです。

奥本　狩猟採集って、腹いっぱいになるほど食べるには、貝類のハマグリやアサリの類をたくさん食べないといけない。

養老　そうです。保存食として、貝なんかは干して、あちこち運んだので、貝塚というのは生産工場の跡と言われていますね。

奥本　保存食でもないと、生きていけませんからね。塩を使って保存するか、干すんでしょうね。

養老　そうですね。要するに、山の中では暮らせないというのが、都市生活の常識なんですね。それは中国でもそうで、司馬遷の『史記列伝』の最初の伯夷《はくい》と叔斉《しゅくせい》が象徴的です。殷《いん》代末期の兄弟ですが、戦乱ののち殷は滅亡し、兄弟は周の国で粟（穀物）を食すことを恥と考え、首陽山《しゅようざん》に隠棲してワラビやゼンマイを食べていたものの、最後は餓死するという話です。

奥本　ワラビとゼンマイじゃ、飢え死にしますね。

養老　山へ登って、動物を食べれば生き延びたはずなんですけれど。それできないのが当時の中国人の常識なんですね。いまの東京の人と同じで、自然の中ではやっていけない。

奥本　内陸へ入って行くと、乾燥したステップ気候があります。蒙古高原みたいな広いエリアですが、かろうじて生きていけるところです。ヒツジとかウマを世話して、肉にして、あるいは間接的に乳製品にして食べていけるんでしょうね。

養老　水田をつくって牧畜をやったら、豊かになるかと思うんだけれど、中国にはそういう文化はあまりないんですね。私が知っている限りでは、ブータンがそうで、水田があって牧畜をやっています。あとマダガスカルですね。

奥本　マダガスカルも他の大陸からは孤立しているので、固有種がいて文化が島で完結しているんでしょう。だけど、アジアモンスーンの源流はマダガスカル付近で発生しますから、暖かい台風の霧とか水分が運ばれてきて、いろいろと助かるんじゃないですか。海のそばにいる人は、魚があるから生きていけるでしょう。

養老　日本は、モンスーン地帯で四季がはっきりあるのと同時に、地震、噴火、津波、洪水がしょっちゅう起こる。和辻哲郎が『風土』で指摘しているように、ヨーロッパは非常に安定しています。

奥本　日本は、崖地の岩屑が積み重なったガレ場みたいなところに自然災害が来て、それが絶えず耕してくれるような面もあるんじゃないでしょうか。高山にいるクモマツマキチョウがいるような場所ですね。日本のように、地震や津波などの自然災害の多いところは、生きていくのが大変ですけれども、そのおかげで土地が耕されているようなところもありますね。

養老　エジプトの文明がそうですね。ナイル川の氾濫で肥沃な土地ができるから、そこに生えてきた植物が小麦なんですね。

奥本　「エジプトはナイルの賜物」と言いますね。

養老　そうです。日本は小さなナイル川ばかりなんですよ。河川の運んできた泥で平地ができた沖積地が多いんです。

奥本　ナイル川にフンコロガシ（スカラベ）が、フンの玉を埋める。それが洪水のために、外側の殻の役をしている玉が湿って柔らかくなって、九月になると成虫になったスカラベがこの殻を破って出てこられるという話につながるんです。洪水がなければ、スカラベは固いふんの殻に閉じ込められて、外に出られないということになってしまいます。ファーブルも実際に実験してみるんですね。そしたら、外側が乾燥してカチカチになった場合は、せっかく成虫になったスカラベが外に脱出できなくて死んじゃうんですね。

日本のスギは「ウエスギ」（植え過ぎ）？

養老　日本と対照的なのはオーストラリアだと、僕は思うんです。あそこは、ほんとうに乾燥していて、アカシアとユーカリに依存した昆虫しかいませんよね。他にも、雨が降らないと、オタマジャクシができないカエルとかもいます。

奥本　森が火事にならないと、増えることのできないタマムシもいるんですね。驚きました。焦げた木の匂いを嗅ぎつけて産卵するタマムシとか。

養老　山火事の最中に、もう飛んでくる。

奥本　逞しいというか、すごいな。フトタマムシ、ムカシタマムシの仲間でしょうね。

フトタマムシ

養老　種が焼けないと、芽が出せないっていう植物もあります。

奥本　熱に遭わないと弾けないいんですね。われわれは火事の心配ばかりしていますが、彼らは火事を待っているわけですからね。

養老　一方で、東南アジアはほんとうに湿気ていますね。それは飛行機で飛んで、ヨーロッパから帰ってくると、しみじみと思う。日本に帰ってきたなって感じがするのは、湿気を感じるからですよ。

奥本　日本に戻ると、突然、花粉症になったりする。国を出ると、とたんに花粉症が治るとも言いますね。

養老　あれは医学的に不思議で、昔から転地というのは勧められるんですけれど、まさに転地の効果ですね。場所を変えると、体が変わるんですよね。

奥本　しかし、これだけ花粉症がひどいことになっていても、まだスギを植えるってどういうことなんですかね。スギを品種改良して植えるとかを一生懸命やっていますけどね。山というのは、材木の田んぼなんですかね。

養老　そういう感じですね。なんか手を付けないと気が済まないんですよ。放っときゃあ、もともとは別の植物が生えていたわけですから、いろいろな木や植物の山になるんです。

専門家は八十年と言っていますけど、切ってしまって放っとけば、もともと生えていた木が生えてくるんです。

奥本　スギばかりの山はおかしい。一種類の植物ばかり植えて、いいわけないんですけどね。サクラやクヌギなどの広葉樹とか、いろんな木や植物が山に生えるはずです。根だって広がるし、葉っぱも広いわけですよ。そうすると、雨の水分を保存してくれるわけです。山崩れだって、いまのようには起こらないと思うんですけどね。同じところにかたくなにスギやヒノキばかりを植えていますけれど。

養老　日本のスギを、僕は「ウエスギ」（植え過ぎ）って種類だって言っているんですよ（笑）。

奥本　「キリスギ」（伐《き》リスギ）も困るけど（笑）。スギのほうが、家をつくりやすいんでしょう。真っすぐの柾目《まさめ》の木のほうがね。大工さんの技術が、そういうスギを材料にすることで、成り立っているのかもしれない。

養老　ヨシノスギの伝統ですね。本来ならば全部ちゃんと育たないんだけれど、苗木をぎゅうぎゅうに植えておく。密に植えると年輪が詰まって、材が最初から硬いんですね。それで適当な時期が来たら間引く。

奥本　ヨーロッパの大工さんなんか、家具をつくる人は、クルミやウォールナットとか、ああいうカシの類を喜びますよね。いい材料って評価します。ファーブルのちっちゃい机もクルミ材ですけど、材としてはいいですね。

養老　カシは温帯の植物で、材質は非常に硬いから、人にとっては有用だったと思います。木造船の時代は、ほとんどカシを使っているわけですね。大航海時代の船なんていうのは、カシがなかったら時代そのものが成り立たない。

奥本　カシは訳しにくい植物で、英語のオークらしいんですけれどね。だけど地中海世界にいろいろな種類の仲間がいるんですよ。だから、ブナと訳している人もいますね。

養老　日本もカシの仲間は、多いですよ。ただ、うちの近所なんかは、放っておくと、スダジイばっかりになる。関東以南は、放っておけばひとりでに、いわゆる照葉樹林になりますね。カシを主体にした森林ですね。

奥本　日本は、もともと照葉樹林地帯なわけですよね。ヒマラヤ、東南アジア、中国の南部から、カシ、シイ、クスノキ、ツバキなどの照葉樹で構成されている。

養老　そうですね。帯状にブータンから、もっとアメリカ、ブラジルまで分布しています。日本は、関東より北に行くと寒いんで、落葉広葉樹が入ってきますね。

奥本　だけど、材も硬いから育つのに時間かかるんでしょうね。

養老　そうですね。照葉樹林というのは森の中は真っ暗で、スギ林じゃないけれど、非常に人間の利用には向かない森なんです。

奥本　幻想文学の泉鏡花の世界になっちゃう。

養老　そうです。だから縄文遺跡は北のほうが多いんですね。

奥本　クリが多いですね。硬いのに、あれを昔の工具でよく加工したもんだと思いますよね。時間がかかったんでしょう。

養老　僕は、島根県の三瓶山《さんべさん》の埋没林というのを見たことがあるんですけれど、三瓶の噴火で林が埋められてね。そこを逆に掘って自然史博物館にしているんです。三瓶の埋没林に巨大なシイ、カシ類が残っているんです。建築家の藤森照信さんに、「縄文の人は、こういう大木を大事にしていたんですかね」って言ったら、彼に「当時の石の斧であんな木が切れるわけがないだろう」って笑われたんですけれど。大木を残したんじゃなくて、切れなかったんですね。

奥本　そのまま残っただけですか。鉄のノコギリができるまで、どうやって切っていたんでしょうね。石斧でがんがんやったのかな。

養老　くさびを打ち込んでね。

奥本　ブラジルで板根《ばんこん》状になった熱帯の大木を切ってみたことがあります。切り倒すなんて、とてもできないんです。大木を乾季のうちに切って、火をつけて畑にするんだそうですけれど、実際にやってみたら大変なことでした。僕の筋力では無理でしたね。日系の人があそこに入植して、一生懸命切ったわけです。古来ある、鉄の塊のついたオノやヨキ（くさびを打ち込むハンマーの役割）で切ったそうですね。

「自然に還る」ための場所がない

養老　自然との関わり方について、ヨーロッパ、欧米の文化は、日本に比べ抽象的ですよね。言葉が典型で、概念化しちゃう。だから、オノマトペ（擬音語、擬態語等）をあまり使わない。

奥本　オノマトペを非常に軽蔑するんですよ。だからアフリカの言葉なんかで、そういう繰り返しのオノマトペがある言語も人も馬鹿にしています。アカデミー・フランセーズ（国立学術団体）が、オノマトペを軽蔑してる。

養老　要するに、犬を「ワンワン」、猫を「ニャアニャア」と表現するのを幼児言葉だと思っている。感覚の直接的な印象は、言葉にしちゃいけないんですね。

奥本　そう。もっと説明するような具体的な、場合によっては抽象的になる形が格好良くていいと思っていますね。

養老　そういう文化を日本が輸入したときに、それに対して感覚的というか感覚に非常に近いものを入れていって、日本語も変わってきたのではないでしょうか。

奥本　翻訳していてもオノマトペを入れて訳すと、すごくこなれた訳になるような感じがしますけどね。たとえば、「でーんと座っている」と訳すと学生が訊くんですよ。この文章の中に、フランス語で「でーん」という言葉はどこにあるんですか、と。「ないよ」って、「俺がそこに入れたんだよ」と答えるけれど。「一家の主人が上座にでーんと座っている」なんていう状況があるでしょ。そう訳すと、非常にこなれた日本語になるんですよ。だからオノマトペを使えって言うんですが、学生には馬鹿にされているかもしれない。

養老　小学生が、「雪がしんしんと降る」は、それはどういう音ですかと聞いてくる。

奥本　だから、漢文を習って、難しい言葉が使えるようになっても日本人は、「的皪《てきれき》（鮮やかに白く光り輝くさま）」とか、「潺湲《せんかん》と」（さらさらと水が流れるさま）とか、そういう漢語の中でもオノマトペ的な言葉が、もともと好きですよね。

養老　ファーブルと同じように、比較的日本人が好むヨーロッパの文学者は、ゲーテだと言いましたが、ゲーテは自然に親しんでいますね。

奥本　植物学者的な要素がありますよね。ゲーテの『動物哲学の原理』について、博物学者の論争がありました。ジョルジュ・キュヴィエとジョフロア・サンティレールはともにパリ自然史博物館の教授で同僚だったのですが、考え方の違いから、激しくぶつかったようです。当時の博物学者は尊敬されていたらしくて、地下鉄の駅の名前になったりしていますね。パリにサンシエ・ドーバントン駅がありますが、ルイ・ジャン＝マリー・ドバントンは博物学者ですね。日本で駅名や道路の名前に、学者の名前が付くことはあまりないと思います。湯川秀樹通りなんてないでしょう。

養老　要するに、日本では個人を立てることはあまりしないんですよ。僕の経験では、大学を辞めるとき、先生方のあいさつはたいてい「皆さんにお世話になりました」ですからね。我《が》を立てるというか、個人を立てることを嫌ったんですね。

奥本　でも医学部は偉い先生の銅像を建てるでしょう。東大にけっこう並んでいたと記憶していますが。

養老　もうやめましたけれど。

奥本　医学部だけじゃないかな。それと明治初期のお雇い外国人の銅像はあったかな。

養老　そうですね。明治時代に日本に招かれたエルヴィン・フォン・ベルツの銅像はまだありますよ。

奥本　明治時代から昭和初期に東大総長で物理学者の山川健次郎なんかもありますよね。ほとんどの人は知らないと思いますが。

養老　そうですね。

奥本　その代わり、東大の三四郎池なんて、夏目漱石の『三四郎』の舞台みたいですが、架空の人物名が池の名前になっていたりしていますね。
　ところで、明治、大正、昭和と現在では、自然との関わり方もずいぶん変わりました。

養老　いまは、ほとんどスマホを見ているんですから、変わらざるをえない。

奥本　だから、「ファーブル昆虫館」に遊びに来る子供たちも、われわれの感覚で言う日本人ではないかもしれません。だって凧をつくったり、模型飛行機をつくったり、コマ回ししたりしていませんから（笑）。また言うけど、トンボもセミも取らないし（笑）。

養老　昔から歳を取って、死ぬときは「自然に還る」って言いますが、いまの人は自然に還らないんじゃないかな。

奥本　いまの人たちは、「自然に還れと言っても、還るところがないじゃないですか。無理を言わないでください」って言うでしょう。

養老　スギ林に還るのかもしれない（笑）。

奥本　花粉の世界に還るとか（笑）。話は変わりますが、明治の末年ぐらいにカルタが流行るんですけど、当時はスマホじゃなく、カルタ会が男女の出会いの場だったんです。尾崎紅葉の『金色夜叉』でも、カルタ会が一種の見合いの場みたいになっているんです。スマホよりも、少なくとも言葉や和歌は覚えるんじゃないですか。

いまこそ参勤交代が必要

養老　でも、人工的なものやデジタルが進み過ぎると、その反動で休みのときは田舎で暮らしたり、山に出掛けてキャンプやったりはするでしょう。いずれ、そうせざるをえなくなるんじゃないですかね。それが日本人ですから。

奥本　参勤交代をどこかで実行したくなるんですかね。

養老　そうですね。知り合いがちょろちょろやっていますけれど。

奥本　ほんとうに実行したら素晴らしいと思いますけれどね。でも、参勤交代するだけの暇がない、会社は俺を必要としていると、みんな思っているわけです。誰だって歯車なんだから。いらないのに（笑）。

養老　日本人は、自分がなんかしたから、成果が得られたと思いたがるんですね。

奥本　あいつがいなくてせいせいしているというのが、実態かもしれない（笑）。

養老　なんかやりたがるんですよね。農業はもう少し不耕起栽培でもいいのに、あまり不耕起やる人はいないでしょう。耕さないというのは嫌なんでしょうね。

奥本　それはもう新しい概念を受け入れることですからね。

養老　放っておいてもジャガイモができるのは、嫌なんですよ。種イモを転がしとけば、それなりに育つんですけどね。

奥本　昔、有吉佐和子さんが『複合汚染』（新潮文庫）を書いたら、それに触発されて不耕起で、無農薬で、無肥料の自然農法を始める人も多かったんですが、有吉さんにはずいぶん反論も来たそうですよ。こんなにみんなが苦労して草取りをしているのに、なんてことを言うのかってね。

養老　先ほども述べましたが、根本に、「自分が何かしたから成果が出たと思いたい」というのがありますね。それは野放図に、日本の場合は許されているみたいです。だから、一生懸命やってしまい、最後には過労死までいってしまう。過労死は英語やフランス語でも、日本の労働環境を示す言葉として辞書に掲載されています。

奥本　僕もこれから養老院なんかに行ったら、周りは自分を必要としているはずなのにと、心配するかもしれませんね。

養老　それでも日本人は、だんだん、それこそ自然に回帰していくんだと思います。ときどき散歩するんですけれど、うちの近所では春になると虫が出るんですよ。ハコベという植物の群落にヨツキボシハムシという、赤い斑点が四つある面白い虫が付くんですよ。それをここ数年、探しているんだけれど、いまはいなくなっちゃった。だいたい三月下旬に出るんですが、まったく見ないんですね。しょうがないから屋久島に行って探したんだけれど、屋久島にはハコベがない。山がいきなり海になっちゃうようなところですから、人の住む場所も少ない。奄美も同じような地形で、森からいきなり海っていう感じで、人が住んでいるような平地が少ないんですよ。

鎌倉にも山があり、海が近くですから、幼稚園生のときは、アカテガニやベンケイガニを一生懸命捕っていたんですが、もう一匹も見ませんね。僕の場合は、いま、そういう子供のころに見ていた物を探し始めています。ほとんどいなくなりましたけどね。体力がなくなって、無理が利かなくなりましたから、それに合わせて自分も変えていかなきゃいけないなと思うんです。僕はしゃべるのもそうで、理屈を長く言うのがもう駄目ですから、だんだん十七文字とか、三十一文字で済ますというか、表現がそういうふうに形式的になって、ものすごく圧縮されちゃうんです。

奥本　十七文字でも、言いたいことを伝え、周りを引き寄せるような詩の形式だと思いますけどね。「ファーブル昆虫館」の三階でも、俳句の会をときどきやります。俳人の方も集まって真剣に議論しておられますけれど、僕は説明する俳句しかつくれませんね。

養老　理に傾くと面白くないんですよね。

奥本　そうですね。

養老　言葉って近代化するというか、最終的には目と耳で共有するんですよね。つまり、文字で書いても日本語、耳で聞いても日本語なわけです。脳みそで言うと、視覚野と聴覚野が重なってしまうところが言語や言葉の中枢になっている。だけど、日本語みたいに感覚が重要視されている言語は、大脳皮質で処理するんです。もう一つ下の視床あたりに中心があって、そこは初感覚が末梢から入ってきて、処理されるところなんで、日本語は、言葉がそっち寄りになっているんだなと、そんな気がするんです。

奥本 逆に日本人は嗅覚が弱い。だから言語が嗅覚をカバーしている面はありませんか。たとえば、スミレの匂いを嗅いだらパリを思い出したとか、そういう曖昧なものが、一つの優れた感覚になったりする。

養老 そうですね。俳句とかがわかると面白いなと思うんですけど。

奥本 俳句も和歌も、詳しくは説明していませんからね。ちょっと触れるだけで、それは象徴詩と言えるかもしれません。

養老 フランスの詩人ジュール・ルナールになるんじゃないですか。

奥本 ルナールの「蛇」という詩は俳句ですよ。英語で「Ｔｏｏ ｌｏｎｇ」、フランス語で「Ｔｒｏｐ ｌｏｎｇ」。「Ｔｒｏｐ ｌｏｎｇ」というのは、ほんとうに原文も〝短すぎる〟んですよね。ヘビが長すぎるなんて、それで全てを語っているじゃないですか。ルナールは感動している日本人であると、向こうの新聞の書評に書かれたそうですよ。ジャポニズムの墨絵みたいなものと同じように解釈されたのかも知れません。ガラス工芸家のエミール・ガレも、水墨画を得意とする日本人に影響されています。ぼかし表現を伴う黒褐色のガラス容器を生み出して、パリ万博で評価されています。

ところで、パリに「ジャルダン・デ・プラント」という緑がいっぱいの植物園があって、都会の真ん中で自然の中を散歩ができるんです。一画だけ、自然そのままにしている場所があって、そこは何も手を加えないという場所なんですよ。放ったらかしにしとくと、どんなふうに種が飛んできて、どんなふうに変わっていくのかを調べる。しかし、そこだけをやっと許したぐらいで、他は全部手を加える。フランス人は庭みたいなものを見ると、手を加えないとうずうずして困るような感覚らしいです。いろんなものをいじり、芝生にしたり、ヒマラヤスギを植えてみたりする。「ジャルダン・デ・プラント」は真っすぐの道を通して、両側に分類した植物を植えて、人工の土地にした植物園ですね。だから、そこに手を加えることを禁じる場所をつくったのは、面白い発想だと思います。日本なら、手を加えないそのままの公園とかは、割合あると思うんですけどね。

それと、これもわれわれ虫屋の思い上がりかもしれませんが、何か虫に関しては妙に自信を持っている感じがあります。虫に関してはわかっているとか、この美しい物と言うときに虫を思い出したりする。自然の美の中心に虫があるみたいに。もちろん、これは思い上がりかもしれませんね。ジャポニズムほど、ファーブルがフランスで流行しなかったことからもわかります。

ファーブルはありとあらゆることを、言葉を尽くして何度も言い直して説明しようとするんですけど、それがむしろ泥臭いんです。だけども、ファーブルの自分の頭の中にある、思い出の中にある世界は、ほんとうに正しいんですよ。

養老先生が子供のころの虫を探すのも、同じことかもしれません。パリの人が植物園を散歩したり、若い人の一部が自然を追い求めたりするのも、自分の頭の中の風景に対して周りに自然がなくなり過ぎたことへの反動なんだと思います。

第六章

予定調和でない世界に立ち向かう

ファーブル昆虫記《こんちゅうき》
第《だい》8巻《かん》に登場《とうじょう》する昆虫《こんちゅう》
コガネグモの一種
Argiope sp.
フランス産のコガネグモ。日本にも近縁種《きんえんしゅ》がいる。ファーブルはクモなど昆虫以外《こんちゅういがい》の節足動物も詳《くわ》しく観察した。
モンスズメバチ
Vespa crabro
ヨーロッパからアジアにかけて広く(日本にも)分布《ぶんぷ》。ヨーロッパでは最大最強のハチ。樹洞《じゅどう》などに巣《す》を作る。
ニクバエの一種
Sarcophaga sp.
卵胎生《らんたいせい》で小さな幼虫《ようちゅう》を腐肉《ふにく》などにまとめて産む。ファーブルはハエの生活史から、死と再生《さいせい》の問題、つまり生命の循環《じゅんかん》を研究した。
シンジュコブスジコガネ
Trox perlatus
狐《きつね》など肉食獣《にくしょくじゅう》の毛玉が混《ま》じった糞《ふん》を好む。翅《はね》に小さな粒々《つぶつぶ》が並《なら》んでいるので真珠《しんじゅ》とつけられた。
虫の詩人の館 L'Oustal del Felibre di Tavan
特定非営利活動法人 日本アンリ・ファーブル会

歳を取ったら、適当に生きればいい

奥本　いまの高齢者は、昔のお殿様が博物学をやったように優雅にはいかないんでしょう。生活も厳しいし。

養老　あまり物理的な年齢で考えなくていいんじゃないですかね。

奥本　肉体の栄養状態という視点で見れば、いまの高齢者はずいぶん若さを持続していますね。夏目漱石は四九歳で亡くなっていますから、いまの五十前の人に比べると貫禄があるといえばいいですが、老化は早いですね。一つには栄養状態なんでしょうね。自分の父親も還暦のときには、もう、相当弱っていたような感じが、イメージとしてあります。

養老　昔の家は、家も暑さ寒さが体に響く造りですよ。風呂場だって寒いわけだし、ヒートショック（血圧の乱高下や脈拍の変動）の原因になります。それに加えて戦争もあったわけですから、昔の人は辛かったですね。僕なんか、いま、のんきに暮らしていますよ。

奥本　僕はお米と天然の塩があったら、こんなにおいしい食べ物はないと思うときはありますね。グルメなんてうるさいことを言っている人たちは、食べ物がなくなったら、どうするんでしょうかね。

養老　カロリーベースで見た日本の食料自給率は四割ですから、六割は外国産に頼っているということです。みなさん、六割は外国人なんですよ。

奥本　頭の先から足の先まで、六割は外国産の農産物でできていますが、口に合わなかったら食べないんです。一九九三年に冷夏で米不足になって、タイ米を一時的に輸入したことがありました。でも、インディカ米は日本人には不人気で、大量に捨てたということがありました。

養老　もう外国産のものを食べるのは、やめたほうがいいですね。輸入で食糧がなんとかなると思うのは、やめざるを得ないでしょう。でも、地産地消とか言うと、日本人は大真面目に一〇〇％やろうとする癖があるから、それもやめたほうがいいんです。別なストレスになる。何事もバランスですよ。

奥本　だから、ほどほど(笑)。テストの時に、満点を取ろうとして初め、全問に手を付けて、結局どれも中途半端で、全滅してしまうようなところが日本人にはあるんじゃないですかね。満点なんて取ろうなんて、初めから思わないほうがいい。

養老　歳を取ったら、まさにそれが答えじゃないですかね。適当にすることも大事です。みんな無理しているんですよ。何もそんな、無理することないんです。なるようになるんですから。人じゃなくて、自然を相手にしていると、満点取らなくていいんですよ。そういうことが、一切なくなる。

奥本　トンボを捕っているほうが、スマホの画面をずっと見ているよりはずっといいわけです、と、またトンボの話です（笑）。

養老　天気のいい日に、ときどき散歩するんですが、ほんとうに気持ちいいですね。そんなとき、昔のように虫がいれば、もっといいんだけれど、と考えます。チョウがいなくなりました。

ツマキチョウ

奥本　ツマキチョウやベニシジミまでひどく減った。

養老　異常事態ですよ。

奥本　糞も、ペットフードを食べた犬の糞ぐらいしか見当たらない。お行儀よく、犬の糞もみんな包んで持って帰るから、昆虫が困っているんじゃないですか。エンマコガネなんか生きていけないわけですね。虫だけじゃあありません。人間は満点を取ろうとして、ストレスから死を選んだりする。他のことにかこつけて、社会を非難したいという「当てつけ」なのかもしれませんけどね。

養老　一人当たりのGDPと自殺率は、かなり相関するんですね。スイスなんか意外に高いんですよ。日本や韓国もそうですが、ただ日本は丁寧な統計がない。当てつけという意味では、中国の女性の自殺率も高くて、若い人も多いんです。

奥本　文学作品の中でも、生きることの苦悩は描かれますね。

ベニシジミ

養老　いじめもありますし、当てつけと言うか、面当てと言うか、それは世界共通だなと思います。解剖学の献体というのもあって、自分の死後に遺体を提供して教育と研究のために解剖するわけです。その国際学会でユダヤ人がある統計を出したんですが、献体の理由が主に二つあるんです。一つは、生前にお医者さんに世話になったから、医学の進歩のために献体するというのがいちばん多いんです。二つ目は、その裏返しで医者にひどい目に遭ったから、もう少しまともな医者を育てるためにというのがある。他にも、遺族に対する面当てというのもあります。

人の死となると、交通事故とか、酒の飲み過ぎとかいろいろありますし、自殺は密室ですからはっきりしないというケースもかなりある。死亡診断書を書いても、葬儀ができたほうがいいですから、自殺にしないケースもあると思います。けれども、自殺は確実に増えています。

奥本　宗教観みたいなものも、関係はしているんですかね。

養老　それはあまりないかもしれません。キリスト教では、かつては自殺を禁止して、墓地に入れてもらえないとかありましたけれど、欧米先進国でも自殺はあります。日本では、そういう縛りはあまりないんですが、逆に詰め腹を切らされるとか、自分が死ねばみんなが助かるから、といったケースはあったかもしれません。

ただ、小中学生、学童期の自殺というのは、古い時代にはなかったんですよね。それは最近の現象です。子供が不幸になっているんですよ。不幸なまま大人になっているか、不幸にさせられている。もっと遊ばせたほうがいいという話です。昔もいじめはありましたけれど、僕らのころはいじめられても山へ逃げればよかった。虫を捕っていればよかったんです。要するに、幼いときから人間関係が入りすぎているんですよね。人間なんかどうでもいい、という世界があまりない。

人間ではなく、自然を相手に生きていく

奥本　現在はもう、自然を相手にしている世界がないんですよね。

ところで、死んだ後に、虫に生まれ変わるというのは、他の国ではあるんですか。

養老　ブータンは典型ですけれど、死んで何かに生まれ変わると信じられています。仏教の世界で言う輪廻転生ですね。日本だと何ですかね、さまざまな虫になったり、いろいろあるじゃないですか。ブータンの人は、ビールに飛び込んだハエを拾ってね、乾かして飛ばして、それで僕の顔を見て、「おまえのおじいちゃんかもしれないからな」って言うんですよ。彼らは、殺虫剤をいっさい使いませんし、蚊もつぶさないっていう人たちです。だから、国中をイヌが歩いていますよ。イヌは誰が飼っているとかじゃなくて、近くの家に行くと餌をくれるんで、イヌもみんなのんびり暮らしていますね。

奥本　昔は、日本のイヌもそうでしょう。誰のイヌでもないイヌが、何となく飯を食って、暮らしていけていたんでしょうね。野犬がいっぱいいいた時代があるんですね。井原西鶴の『好色一代男』では、町人と遊女の間に生まれた主人公は捨て子なんですけれど、「不思議とイヌにも食われずに……」なんていう言い方がありますから、江戸時代の捨て子はイヌに食われていたんですね。それを知っていて、捨てていたんでしょうかね。いまとは価値観が違いますから。ネコだって、飼い主がちゃんと決まっているネコなんて、そんなにいなかったでしょう。動物も人間も自然のままに生きて死ぬ。

養老　ブータンでは、老人が働いていると怒られますからね。「あんたみたいな年寄りは、お経を毎日読んで、後生大事に生きなきゃいけない」と言われます。年寄りは働いちゃいけないんですよ。暇があったら、チベット仏教のマニ車《ぐるま》（回転する仏具、転経器）を回して、功徳を積む。一回あれを回せば大乗経を読んだことになるらしいんです。

奥本　手作業以外で働く年寄りは迷惑でしょう。昔は、豆の皮をむいているとかいろいろあった。孫の相手をするのも一つでしょうし、年寄りの仕事がたくさんありました。

養老　日本は姥捨ての伝説から題材を取った『楢山節考』がありますからね。老母おりんと息子が登場する物語。

奥本　核家族化しちゃって、年寄りの仕事と居場所がなくなったんですね。でも、いまのおばあさんたちって、まだ見た目も若いんですよ。

養老　そうですね。ただ晩婚にはなっていますが。社会の高齢化は、日本だけじゃないですからね。年齢別の人口分布を見ていると、イタリアなんか日本にそっくりです。発展途上国だって、人口が増えている段階を過ぎたら、おそらく同じ傾向になっていくと思うんです。

奥本　ベトナムなんかでも、いまは若年層のボリュームが大きいですが、時間が経てば日本と同じように、高齢者ゾーンに移行するわけです。年寄りばかりになっちゃう。中国は、もう始まっているんですよね。

養老　日本は高齢社会では先頭ランナーですからね。案外これからは、年寄りの生き方って重要なのかもしれないんです。僕は、嫌なのは機嫌の悪い年寄りですね。

奥本　だけど、おじいさんって、機嫌の悪いもんだったじゃないですか。

養老　じいさんの機嫌の悪いのが多すぎる（笑）。公園に行くとよく思うんですけど、ばあさんはケラケラ笑っていますけれど、じいさんは渋い顔をして、じっとしていますよ。

奥本　おじいさんには、何も聞こえてないのかもしれない。

養老　そうかもしれませんね。しかし、機嫌よくするっていうことを、お勧めしたいですね。それはじいさん、ばあさんに限らない。機嫌よくする。そうすると、ひとりでに日常に必要な物とか、必要な範囲とかが決まってきますから。

奥本『日本昔ばなし』には、意地悪じいさんがポチを借りて、いろいろ掘ってみると、宝物ではなくてゴミが出てくる。人生の最晩年に必要な物が出てこないわけです。その点、機嫌のいい花咲かじいさんは、幸せですよね。花を咲かせて、周りを幸せにしますから。現実の社会でも、葉っぱが一枚落ちても怒鳴り込んでくる人がいるんですよ。何でも癪《しゃく》に障ってしょうがないんでしょうね。

養老　だから日本は、人間が面倒くさいんですよ。日本は可住地面積当たりの人口密度は、世界でも高いほうだと思います。山地が多くて、人間が住める平野が少ないんです。明治期になって、人口がどんどん増えて貧乏で食べていけないから、外国に移住したわけです。海外移民は、この過剰人口のなせるところで、みんなで何となくそうしてきた。人の少ないところは、そういうことを気にしないでもいいんですけれど、人の多いところはそういう空気になる。

奥本　日本では、「空気を読む」って言い方しますしね。空気がそっちに流れて行くと、反対できないことがありますから。

養老　空気を乱しちゃいけないんですよ。日本は人が多いから、いろいろ面倒なことが起こる。だから、人間じゃなくて自然を相手に生きていくことを考えたほうがいいんですよ。

奥本　少なくとも半分以上の時間は、そういうことに使ったほうが、機嫌がよくなりますよ。

養老　その自然が、だんだん衰えていくのが残念ですね。

奥本　そうなんです。そこが問題なんです。ただ、二〇二四年正月の能登半島の地震じゃないけれど、自然は人間の都合とは関係なく動きますから。東海道だっていずれ来ますからね。

養老　それが怖いんですよね。地震とか富士山の噴火とか、年寄りがいちばん困るんですよね。僕が死んでからにしてもらいたいなとか、都合のいいことを考える（笑）。ひずみがたまってきているんですか。もう耐えられなくなっているんでしょうね。

奥本　地質学者は、活動期に入ったって言っていますね。この動きは、五百年続くそうです。二〇四〇年までには、確実に東南海、南海トラフの地震が来ると言われています。それに連動して、富士山の噴火が起こり得る。

奥本　でも日本は、過去にもそういう自然災害を乗り越えてきたとは思うんですけどね。

養老　人文系の学者が歴史を書くんで、人間社会からの解釈ですね。源平のころから、大きな変化があっても、自然災害として書かない。でも実は、よく見ると自然災害なんですね。

奥本　気温の温暖化、寒冷化、それと地震でしょうね。それに飢饉が来たら、人間の生活も政治も様変わりですからね。

養老　地震が来たら、日本人はいろいろなものをやめざるを得なくなる。流通が止まりますからね。能登半島の道路なんか、人も物も運べないからひどいことになった。東京で流通が止まったら、もうどうしようもないですよ。

奥本　いまの自動車は、平坦な道を走るようにできていますからね。道路の真ん中がぼこっと盛り上がったりしたら、もうどうしようもないですよ。ちょっと段差ができても、高速道路は走れなくなりますからね。これから日本人は、サバイバルとかも考えないといけない時代ですよね。スーパーに行けば食べ物があると思っていますし、何でもスマホで解決できると思っていますから。

養老　スーパーの品物は、二日でなくなりますから。それでも、何があっても生きていけるように子供を育てることが大事ですよ。自然を相手にしていると当たり前なんですけれど、予測なんかできない。虫だって、どっちに飛んで行くかわからない。わかると思っているほうがおかしいんです。地震だってそうです。いつ来るかわからないんですよ。

奥本　地震学っていうのは、予知に関しては役に立たない。後講釈の学問ですけれど、でも研究するしかないですね。自然を相手にしていると、飼っていた虫がいきなり死んだり、捕ろうと思っても予測しないほうに飛んだり、そういうことはありますよね。

養老　人間は、できるだけ予測が成り立つように都市文明をつくっているんです。だから、予測が成り立たないことを嫌うんですよ。要するに、「世界2」でないと安心できない。予定調和の計算できる世界でないと生きていけない。ただ、日本の場合はいくら嫌っても、それを上回るスケールで天災が来ちゃうので、何でも最後はそろばんの「ご破算で願いましては」になっちゃって、ゼロからスタートする。葉っぱ一枚、落ちても気に入らない人は、そういうときどうするんですかね。本来人間は、「世界3」でないと生きていけない。

奥本　政治のせいにしたり、社会に文句を言ったりしますよね。逆に、意外に救われたりして（笑）。

養老　東京でいちばん心配なのは、天災の後、瓦礫をどこに捨てるんだろうっていうことです。

奥本　捨てるところがないですよね。夢の島もいまは綺麗な公園ですから。

養老　たぶん海の底じゃないですかね。

奥本　日本海溝ですか。

養老　能登半島地震のゴミは、どこへ行くんですかね。東北の震災のゴミはカナダまで流れていましたからね。

奥本　アラスカ半島のアリューシャン列島なんかを通って、カナダやアメリカまで行くらしいですね。江戸時代には幽霊船が海外にたどり着いたらしいです。でも、これからの時代は、そういう天変地異が起こることを前提に生き方を考えたほうがいいですね。スマホやＡＩばかりでは生き残れないことを覚悟しなきゃいけないですよね。

養老　富士山が噴火すれば、細かい粒子が飛んでスマホどころじゃないし、ジェット機が飛べないでしょう。コンピュータも危ないって言われていますから。

ＧＤＰで人間の幸せは測れない

奥本　世界中の文明が、いまは少しでも競争に勝つという方向ですからね。開発競争は止まりません。環境の保全も、とても本気とは思われないですね。

養老　そろそろ日本が先頭を切ってもいいんじゃないですかね。日本はここ三十年デフレで成長していないし、GDPが増えていないことを自慢にしていいんじゃないですか。経済の専門家は、日本経済が停滞していると文句を言っていますけれど、そうじゃなくて少なくとも地球環境の保全に対して、日本がいちばん貢献していますと。先進国はものすごいエネルギーを使って経済成長をさせていますが、そのなかでも日本はエネルギーの使用が減ったわけです。日本が環境問題でなんか言われる理由はない。見習えと言えばいいんです。国連では温暖化対策を声高に叫んでいますけれど、そんなもの本気じゃないっていうのは、見たらすぐわかりますよね。

奥本　病気自慢で勝つというのもありですね。

養老　繰り返しになりますが、僕は日本のGDPが伸びなかった理由は、結局、国民全体が無意識にこれ以上の経済発展を嫌がったからだと思うんですね。典型的なのは、土木による公共事業を減らしている点です。つまり、高度成長期から、土木による公共事業で経済を成長させるのと同時に、環境を破壊してきたわけです。一時、脱ダムが国民の支持を得たのもその表れだと思いますね。それが経済停滞の原因だと言う人もいるけれど、もしそうなら、むしろ国民の暗黙の了解がデフレの状況を生んでいるんです。

奥本 声なき声ですね。

養老 こういうふうに、いわゆる経済を停滞させて、環境を優先しようと言った人がいたわけじゃない。ひとりでにこうなったから、誰も威張れないんですけれどね。ひとりでになったけれど、アメリカや中国には見習えと言ってもいいんじゃないかと思います。

奥本 日本列島改造論を推し進めた田中角栄があのまま挫折することがなかったら、日本の環境はひどいことになっていたでしょうね。

養老 大変なことになっていますよ。バブルのころには、日本の国土の一割がゴルフ場になると言われていたんですから。

奥本 水田の代わりに、ゴルフ場になるっていうね。

養老 そしたら石原慎太郎が都知事になって、何かあったら畑にすりゃいいって言っていた。でもゴルフ場は、そう簡単に畑になりませんよ。

奥本 日本の場合は、ゴルフ場でも放っておくと、樹木がまばらに生える疎林になっていきますけどね。でも、あれだけつぎ込んだ農薬とか、いろんな物が残留していますから、畑にしても作物は食べられないかもしれない。日本人はもう限界まで来ていて、無意識のうちに自然を求めているんですかね。

養老　僕はそんな気がするんですけどね。もう、環境破壊はやめようやって。だって、山だって砂防ダムだらけでしょう。土石流による土砂災害の被害を軽減させようとしているんでしょうけれど、鎌倉の海岸でも砂がなくなって、トラックでよそから運んだりしている。馬鹿じゃないのかって感じですけどね。

奥本　砂防ダムに砂がたまっているわけでしょう。

養老　そうです。だから砂がなくなってよそからトラックで運ぶしかないんですよ。

奥本　自然の海岸に砂がなくなっちゃうから、ハマグリもアサリも育たなくなって、北朝鮮から輸入して育てるということにした。縄文時代のいちばんの食物だった貝類なんかが、砂浜でぐりぐりやっても出てこないんですよね。もともと山で木の葉っぱが渓流に落ちて、それがカワゲラのような昆虫に食われ、それがまた魚に食われて、栄養になって、流れてきて海岸でハマグリなんかが育つわけですから。山から鉄分だとかの栄養が来ないんでしょう。ハマグリが獲れなくなっちゃった。しょうがないから、北朝鮮からシジミを輸入して育てたわけだけれど、その期間が短かった。現在は国産のシジミじゃなくて北朝鮮産ばかりになった。

養老　自然に回帰したほうがいいですよね。みんな疲れてきているんじゃないですか。みんなが素直に、自分にほんとうに居心地のいいようにすればいいんですよ。

奥本　無理することなくね。でも、優等生は、昔は成績がよかったのに、だんだん順位が落ちてきたみたいなもんで、それが嫌なんですよ。

養老　なんで成績をよくしなきゃいけないのかって思います。高齢者も女性も働いて、旦那さんも奥さんもスーパーかコンビニで弁当を買うようになったら、ＧＤＰは増えるんでしょう。でも、ＧＤＰという指標が上がってどうするんだよ、とも思う。ＧＤＰは、幸せを示す指標じゃない。人口が増えている国では、ＧＤＰが上がるのは当たり前。一人ひとりが物を買ったり、食べたりするわけですから、経済規模は当然拡大します。

奥本　それよりも、子供のころに自然に親しんだり、虫捕りができたりする世の中のほうが、人間の幸せには直結すると思いますし、サバイバル術だって身に付きますよ。昆虫採集の労力や標本制作の努力をＧＤＰにカウントしてくれれば、僕だってかなり貢献するんですけれどね（笑）。

養老　日本は経済停滞で先頭ランナーなんだから、元に戻るということは簡単です。自然回帰という意味では、世界の先端を行っていると思いますよ。

奥本　老化社会ですから、おそらく耄碌《もうろく》自然回帰なら、他の先進国に勝てる自信はありますよ（笑）。

養老　ただ、指導層がそう思っていないだけで。政治家とか大きなメディアは、ＧＤＰを上げなきゃいけないと、どこかで思っているでしょう。

奥本　政治家は当選しなきゃいけない、選挙で選ばれるという仕組みがあるから、「経済を成長させます」と言うしかないですよ。

養老　でも、本音ではわかっているんじゃないですかね。公共投資でダムを造ろうって言うよりは、別のことを言ったほうが受けがいいと。最近はＳＤＧｓ（一七種類の持続可能な開発目標）のことを言うと受けがいいと思っているかもしれませんが、国連の都合でつくられた目標ですから、あんなもんは信用しちゃいけませんよ。

奥本　信用はしていないんですけれど、いちおう形がありますからね。でも、日本が先頭になって、虫の保護や自然への回帰は世界に広げてほしいですね。世の中はＡＩがどんどん進んで、合理主義の行き着く先は人間をコントロールすることだし、ＳＦ映画みたいに殺人ロボットが発達して、役に立たない人間を消していくんじゃ怖いですよ。

養老　だから僕は、ＡＩじゃなく八〇億もある人間の知能を使えと言っているんです。もうすでにあるんだから。何も人工にする必要はないし、天然知能でいい。何でわざわざつくるんですかね。いまあるものを十分に使っているんですかね。きっとみんな、使い道がなくて困っているんでしょう。「『世界２』の、ああすれば、こうなる」というシミュレーションはもうやめたほうがいい。先ほども述べたように、シミュレーションが利かない典型的な事例は、元旦の能登半島の地震ですよね。誰も予想できないし、地震の大きさも範囲も読めませんから。この先どうなるかもわからないけど、どうせまた地震は来る。

奥本　地震に限らず予想もしていないことが起きますもんね。

養老　そうですよ。ということは、予想できると思っていることが、そもそも問題なんですよね。

役に立たないことをしよう！

奥本　高齢者も病気や医療に関して医者に言われたことを、あまり厳守することを考えず、自分の好きなように判断したほうがいいんじゃないですかね。自分の母親とかを見ていても、いまの日本人の死に際は、苦しみが長引きすぎる気がするんですがね。

最期のころ、いよいよ具合が悪くなると病院に入れると投薬がすごくて、薬を「こんなに？　これだけで消化不良になっちゃう」と思うほどいっぱい頬張らされたりとか。血管から薬を入れられたりとか。何人ものお医者さんが処置をしてくれたりしますよ。

意識のない人がただ息をしているだけ、というのもねえ。植物人間なんていうのは植物のことがわかっていないからそう言ったんですね。植物に失礼ですよ。植物はちゃんと反応していています。

ある別のお医者さんが言っていましたが、もう長寿ばかり目指すんじゃなくて、QOLって言うんですかね、クオリティー・オブ・ライフ（生活の質）の高さを目指したほうが良いように思いますねえ。ただ苦しむためにのみ生き続けているようなのは、なんとか避けられないものでしょうか。治療や生き死に関して、自分の好きなように判断するのは患者には無理な、許されないことなんでしょうかね。こんなこと言うと叱られますが、安楽死についてもう少し考えて欲しいですね。動くことはもちろん、言葉も喋れず、ただ暗黒の中にいて、意識だけがあって、死を待つのは辛いですよ。

日本の医療は、いま、なんだか、過剰になっているんじゃないかなって気が、素人の私にはするんですけど、養老先生はどう思われます？

養老　厚生労働省は前からそういう意見で、そうかといって、いまの医療システムをつくっている論理がありますからね。そこは反対できないんですよね。たとえば、たばこがそうですよね。僕はおいしいから吸うんで、別に我慢して長生きしたいとも思わないですもんね。僕の母は九五歳まで吸っていましたから。

奥本　たばこを吸ったにもかかわらず、九五歳まで生きられたということじゃないんですね。

養老　それでたばこをやめて、母がもっと長生きしたとすると、姉貴から怒られていますよ（笑）。何しろ、うちは警察の脇にあったのに、姉貴は母とけんかして包丁を持っておふくろを追っかけて、一周していましたからね。母が歳を取って病気になって、僕が「入院させる」って言ったら、母が嫌だって言う。姉貴に相談したら、「入院させなさい」って言うんですよ。僕がうちにいましたから、「うちにいていいよ」って、ベッドを買って寝かしといたんですよ。そうしたら、一年ぐらいして母が元気になって、姉貴に「元気になって歩いているよ」って言ったら、「ほらご覧なさい、あのとき入院させてくれって言ってたのに」と（笑）。当時、院内感染が流行っていましたからね。

奥本　仲がいいのか悪いのか（笑）。ところで、無理して薬で長生きさせるのは、どうなんでしょうね。でも薬があったら飲むでしょう。あえて飲まないってわけにはいかないんじゃないかな。

養老　食べ物と思ってりゃ、いいんじゃないですか。薬の上にご飯を乗せて（笑）。だって食べ物だって、何を食わされているかわかったもんじゃないんですから。

奥本　そりゃそうですね。食品パッケージの後ろに書いてある食品表示には、保存料や甘味料、着色料などの食品添加物がすごい量ですよね。インスタント食品なんて、保存期間を伸ばすためには、いろいろなものを入れなきゃ成り立たない。

養老　いまの医学は、命をコントロールできるという、ものすごく強い思い込みで動いていますから、そこに関わりを持ったら引っ張り込まれちゃうんですよ。言うとおりにしないと、叱られる。だって、たばこはどうのこうのと言われるけれど、ご覧のとおりで、あまり関係のない僕のような人もいるわけですよ。結局、統計で見ているんですけれど、統計値がどのぐらい当てになるかは、正規分布で普通の人はこの範囲っていうふうにやるわけですよ。僕は、前から言っているんですけれど、東大の医学部に入ってくる学生なんて、平均値で言ったら完全に異常ですからね（笑）。

奥本　自分で言ってる（笑）。まあ、グラフの端っこのほうでしょうね。

養老　そうです。血圧で言えば三〇〇ぐらいの人だって（笑）。頭だけ異常値でよくて、体は全部正常値でなきゃいけないっていう医者は、信用しない。

奥本　僕も、三食とも食後にパーキンソン病の薬をかならず飲まなきゃいけないんですけれど、忘れることもときどきあって、後で飲むんです。でも、決められちゃったら、もう飲むしかない。やけくそ。

なんでもやけくそ的に考えて、地殻変動の周期でそろそろ限界に来ているようですので、「ご破算で願いましては」と思うしかないですね。そろばん芸のトニー谷さんを思い出しますね（笑）。それでも日本は、他の国々と比較して、人間が自然と向き合うようないい方向にあるとも言えますし。

養老　そういう方向にあると思いますけどね。そうならなくてもいずれ地震が来るから、そうならざるを得なくなる。

奥本　あまりにも未来が予測可能となって、「世界2」ばかりになると疲れるんじゃないかな。虫と同じように、予測できないほうが、人生は楽しいんじゃないかなと思いますね。

養老　小学生から金融を教えるなんていうのは、異常な時代ですよ。幼稚園の半分が英語を教えているのも変ですよ。子供はもっと遊んだほうがいい。

奥本　金融よりも倫理観を教えてほしいですね。パパ活女子が何人かのおじさんから総額二億円も騙し取ったという詐欺事件がありましたが、長編小説の『マノン・レスコー』（アベ・プレヴォー著・新潮文庫）を思い出しました。主人公の美少女を愛した男たちはみんな自分から騙される。いまは、こういう文学もあまり人気ないでしょうが。文学部は文学よりも、記号論なんかのほうが人気があるようです。

養老　二〇二三年の夏に、東大の先端研と渋谷区で「都会の真ん中で昆虫ざんまい」というシンポジウムをやったんです。何の役にも立たないことをする人たちのシンポジウムで、ガの専門家の小林真大君と先端研の鈴木俊貴准教授たちとやったんです。渋谷区の子供たちを集めて、先端研の校内で虫捕りをしたんですけれど、何匹かタマムシがいた。これからの時代は、役に立たないことをするのが大事なんですよ。

小林真大君はブレイクダンスもやっているから、体の動きが俊敏なんですね。だから、彼は森の中に入って、しょっちゅう明かりをつけて虫を捕るんですが、ときどき昼間にも森に行って、虫捕りをやっているんです。そのときに、森に入っても最初は虫が見えないらしいんだけれど、体の力が抜けていくと虫が見えて、そのうち虫が寄ってくるって言うんですよ。そういうのがわかる人がいるんですね。彼なんかは、地震があっても上手に逃げて、全然平気なんじゃないかな。

奥本　「こういうときは、こうする」という予定調和に頼っていては、大災害では生き残ってはいけませんね。予定調和ではなく、起こったことにいちいち上手に対処できる能力を身に付けないと。大災害では「世界2」は役に立たない。臨機応変が大事ということですね。それでダメならしょうがない。そこまで、です。

養老　特に、子供たちには、そんな能力を身に付けて、どんなことがあっても、生き残ってほしいですね。

おわりに　ファーブルと養老先生と私　《奥本大三郎》

ファーブルは偉い――小学生の私は、心からそう信じていた。「空は青い」「光は明るい」と同じような、同義語反復《トートロジー》に近いものかもしれない。宗教を信じる者が神を信じるように、無条件で私は信じていたのだ。いや、それ以前に、「虫は美しい」という真理が私の中にあった。初めに虫ありき、である。

なんだか、言えば言うほど涜神《とくしん》的になってくるような気がするけれど、ファーブルの偉さや虫の美しさは、私にとっての絶対条件であり、不動点である。今もそれは変わらない。池の水面を飛ぶヤンマを見れば心が躍る。木の葉の上で、陽の光に翅鞘《ししょう》を輝かせる夕マムシを見るたびに、そして、もりもりと木の葉を食べる芋虫、毛虫の姿を見るたびに、言いようのない喜びを私は感じる。無論、無償の喜びである。

疑うことを知る精神の持ち主は、こんなふうに単純ではないのだろう。しかし、私はそこから出発した。というより、ものごころがついたら、そこから出発していた。

もちろん、ファーブルにも限界はあり、時代の制約はある。彼より百年の先達、レオーミュールを読んでみれば、ファーブルの欠点は逆によくわかる気がする。曖昧な言い方だが。

しかし、『昆虫記』を読んで、いかにしてファーブルが昆虫の本能と習性の研究にたどり着いたか、その困難な道のりを追跡してみると、誰でもこの南仏の博物学者を尊敬せずにはいられないであろうと思う。

狩バチが獲物を刺したその部分に、獲物の神経中枢がある、などと、誰が考えることができよう。しかもその知恵が、小さなハチの脳の中に、本能として、あらかじめプログラムされているというのだ。

ところが、ファーブルの生まれたフランスでは、彼は日本におけるほど人気がない。賛成者は少なく、反対者は多い。フェルトンという学者のように、まるでファーブルの天敵のような人までいる。

そもそも、あちらの住人は、虫に対する感覚が日本人とは違うのである。そのことはいくら言葉を尽くしてもわかってもらえない。あちらの人にもこちらの人にも、わからないことはいつまでたってもわからない。まさに「壁」がある。

ところで、自分が生きているのと同じ時代に、養老先生のような方がおられたのは私にとって素晴らしいことである。なにを言っても、何を訊いても、うんうん、とうなずいて理解してくださるし、ご自分の独創的な考えを説いて聞かせてくださる。今までにも永年、機会ある度にお会いし、対談してきたけれど、今度は対話を一冊にまとめてもらえることになった。ファーブルについて、虫について、日本人の自然観について、自由に喋ることができた。特に虫についての考えは、あたかも電撃のように伝わる。これを「知音《ちいん》」と言ったら、人は笑うであろうか。

養老孟司
×
奥本大三郎

ファーブルと日本人

2024年7月9日　第1刷発行

著　者　　養老孟司×奥本大三郎

発行人　岩尾悟志

協力　特定非営利活動法人 日本アンリ・ファーブル会

発行所　株式会社かや書房

〒162-0805

東京都新宿区矢来町113　神楽坂升本ビル3F

電話　03-5225-3732（営業部）

印刷・製本　中央精版印刷株式会社

Printed in Japan
ISBN978-4-910364-47-6 C0095